마운트 아날로그

마운트 아날로그
Le Mont Analogue

비非유클리드적이며상징적으로 진실을 말하는, 등산 모험 소설

르네 도말 지음
오종은 옮김

Le Mont Analogue
René Daumal

목차

- 11 제 1장 만남의 장
- 45 제 2장 가정假定의 장
- 77 제 3장 항해의 장
- 103 제 4장 도착 그리고 돈의 문제가 정확히 제시된다
- 131 제 5장 첫 번째 캠프의 설치
- 147 후기(초판)
- 153 르네 도말의 노트
- 169 서문(초판)

- 183 옮긴이 후기
- 205 르네 도말 연보

마운트 아날로그

제 1장
만남의 장

작가의 생활에 닥친 이상한 일 - 상징적인 산들 - 어느 진지한
독자 - 파사쥬 데 파트리아슈 거리에서의 등산 - 소골 신부 - 내부의
정원, 외부의 뇌 - 상대방을 알게 되는 기술 - 생각을 뒤집어서
애무하는 남자 - 내밀한 이야기 - 어느 악마적인 수도원 - 어떻게
악마역이 한 재주있는 수도승을 유혹에 빠뜨리게 했는가 - 부지런
한 물리 아가씨 - 소골 신부의 병 - 파리의 이야기 - 죽음의 공포 -
분노한 마음에 강인한 이성 - 바보같은 계획, 단순한 삼각측량의
문제로 귀착되다 - 어떤 심리적 법칙

내 이야기는 어떤 봉투에 쓰여진 익숙하지 않은 필적에서 시작한다. 그 봉투 위에는 내 이름과 «화석 평론» Revue des Fossiles의 주소만 쓰여 있었는데 그 잡지에는 내가 정기적으로 기고하고 있어서 잡지사를 통해 이 편지가 내게 회송된 것이다. 그 필적에는 명백히 격렬함과 부드러움이 섞여 있는 것 같았다. 발신인이 누구인지, 메시지의 내용은 무엇인지를 생각하는 사이에 애매하면서도 강력한 예감이 떠올랐는데 그것은 '소문난 잔치에 먹을 게 없다'라는 식의 이미지에 가까운 것이었다. 그리고 나의 내부에서는 거품처럼 최근의 나의 삶이 정체되어 있었다는 사실이 솟아올랐다. 그래서 내가 편지를 개봉했을 때 나는 그것이 나에게 신선한 공기 같은 역할을 할지 아니면 불쾌한 가뭄의 역할을 할지를 전혀 확신하지 못하고 있었다.

봉투와 같은 필적으로 순식간에 써내려간 것으로 보이는 편지는 다음과 같은 내용이었다.

…전략…

마운트 아날로그에 대해 쓰신 기사를 잘 읽었습니다. 지금까지 저는 이 산의 존재에 대해 알고 있는 사람은 저 혼자라고 생각했습니다. 오늘 그것이 두 사람인 것을 알았고 내일이면 어쩌면 열 사람이 될 수도 있고, 더

많아질 수도 있을 것입니다—그렇게 되면 탐험을
시도할 수도 있을 것입니다.
가급적 빨리 만나지 않으면 안 될 것입니다.
가능하면 아래의 번호 중에 어느 것으로라도
제게 전화를 주십시오. 전화를 기다리고 있겠습니다.

피에르 소골
37 파사쥬 데 파트리아슈
파리

(그 아래에 대 여섯 개의 전화번호가 있었고 내가 걸어도 좋은 시간대가 지정되어 있었다.)

편지를 쓴 사람이 말한 기사는 나도 거의 잊어먹고 있었던 것으로 3개월 정도 전에 《화석 평론》의 5월호에 발표했던 것이다.
미지의 독자가 흥미를 보였다는 것은 결코 기분 나쁜 일은 아니지만 그래도 문학적인 판타지에 지나지 않은 것에 독자가 이렇게 진지하게 반응하고, 심지어 비장한 태도를 보이는 것이 약간 불편하기도 했다. 당시에는 나도 흥분해서 쓰긴 했지만 이미 내 기억에서도 벌써 사라지려 하던 것이기 때문이다.

나는 그 기사를 다시 읽어보았다. 그것은 고대 신화에서의 산의 상징적 의미에 대한 상당히 성급한 논의였다. 상징 해석의 여러 다른 지류는 오랫동안 내가 관심을 갖던 분야이다. 나는 순진하게도 이 주제에 대해서는 어느 정도 이해하고 있다고 믿었다. 게다가 나는 등산가다운 산에 대한 열정적인 사랑을 가지고 있었다. 이 대조적인 관심분야가 산이라는 대상을 중심으로 융합되면서 내 기사의 어떤 부분에 상당히 서정적인 톤을 부여했다.(아주 황당해 보이는 경우라도 이러한 결합은 흔히 시라고 불리는 것의 등장에 있어 중요한 역할을 맡는다. 나는 이 말을 이러한 신비스러운 언어의 깊이를 조명하려는 비평가들과 미학자들에 대해 뭔가 시사하려는 생각에서 한 것이다.)

내가 쓴 것의 요점을 말하자면 신화적 전통에서는 산이라는 것은 하늘과 땅을 연결시켜주는 것이다. 그것의 고독한 정상은 영원의 영역에 도달하고 그것의 기반은 여러 겹의 중턱으로 나누어지면서 유한한 자들의 세계에 이른다. 그것은 인간이 신성神性으로까지 높아지기 위한, 그리고 신성이 인간에게 자신을 드러내기 위한 통로이다. «구약»의 족장들, 예언자들은 높은 곳에서 신과 대면하고 있다. 즉 모세에게 있어서는 시나이 산과 네보 산이고 «신약»에서는 올리브 산과 골고다의 언덕이다. 나는 더 거슬러 올라가 이집트와 칼데아의 치밀한 피라미드

건축에서도 이 오래된 산의 상징을 찾아냈다. 아리안 족으로 가보면 여러 «베다»에 실려 있는 모호한 전설들이 기억이 나는데 그 전설들에서 소마—'불사의 씨앗'이라는 그 희귀한 술—는 빛을 발하는, 정교한 형태로 산 속에 있다고 한다. 인도에서는 히말라야가 시바 신과 그의 아내 '산의 딸' 그리고 여러 세계의 어머니들의 거처이다—이것은 그리스에서 신들의 왕이 올림푸스 산에 궁전을 갖고 있는 것과 같다. 참으로 그리스 신화 안에서 이 상징은 그 본성도, 수단도 땅에 떨어졌음에도 진흙 묻은 발로 올림푸스 산에 올라 하늘에 가려고 했던, 땅의 아이들의 반역의 이야기에 의해 완성이 되는 것을 본다. 그렇게 말하면 개인의 이러저러한 야망을 버리지 못하고 영원의 '유일자'의 왕국에 가는 것을 열망해 바벨탑을 세운 사람들이 추구했던 것도 이와 같은 기획이 아니었던가? 중국에서는 '신선의 산들'이라고 하는 것이 그런 것으로 과거의 현자들은 절벽의 끄트머리에서 제자들에게 가르침을 주었던 것이다.

이런 식으로 가능한 유명한 신화들을 쭉 설명한 다음에 나는 이상의 상징에 대한 일반적인 고찰로 옮겨가 이것들을 두 종류로 나누었다—'비례'의 법칙에만 따르는 것과 나아가서 '축척'의 법칙에도 따르는 것으로 말이다. 이러한 분류는 지금까지도 많이 있었던 것이다. 하지만 여기서 다시 말한다면 '비례'는 건물의 부분부분의 크기끼리의 비율에 관련된 것이고 '축척'은 건물의 크기와 인간의 몸의 크기의 비율에 관련된 것이다. 삼위일체의 상징이기도 한 정삼각형은 어떠한 크기의 것이라도 정확히 같은 가치를 갖지만 거기에는 '축척'이 없다. 하지만 어딘가에 커다란 성당을 선택해서 수 십 센티의 높이로 정확한 축소모형을 만들어 본다고 하자. 이 모형은 외관과 비례에 있어서는, 아주 작은 부분은 확대경을 사용해 체크를 해야겠지만, 여전히 건물의 지적인 의미를 전달해줄 수 있다. 하지만 이것은 실제의 것과 같은 감동을 만들어내지는 못할 것이며 그와 같은 태도를 불러일으키지도 못할 것이다—이미 '축척'이 맞지 않기 때문에 말이다. 특히 상징적인 산—이것을 나는 유추의 산, 즉 '마운트 아날로그'라고 이름붙일 것을 제안했다—의 축척을 결정하고 있는 것, 그것은 <u>인간의 통상적인 수단으로는 접근할 수 없다는 데 있다</u>. 그런데 시나이 산도, 네보 산도, 올림푸스 산조차도 이미 오래전부터 등산가들이 '암소들의 산'이라고 부르면서 우습게 여기는 그런 산이 되어버렸다. 아니, 히말라야의 여러 최고봉들도 오늘날에는 접근 불가능한 것이라고 생각되지 않게 되었다. 이러한 산들은 그러므로 유추의 힘을 잃어버린 셈이다. 상징은 가령 힌두의 메루 산(수미須彌산)과 같은 완전히 신화적인 산 속으로 피난하지 않으면 안되게 된 것이다. 그런데 메루 산은—그 한 예만을 들어도—이미 지도 위에는 존재하지 않는 이상 땅과 하늘을 연결하는 길로서의 정서적인 의미를 더 이상 보존할 수는 없는 것이다. 지금도 우리들 행성 세계의 중심 혹은 축을 의미할 수는 있지만 인간이 거기에 도달하기 위한 수단을 의미할 수는 없는 것이다.

"어떤 산이 '유추의 산'의 역할을 수행하기 위해서는"라고 나는 결론을 지었다. "자연에 의해 만들어진 있는 그대로의 인간에게 있어 그 봉우리는 접근하기 어렵지만 그 중턱은 접근 가능한 것이 되어야 한다. 그것은 유일하면서도 지리학적으로 실재하고 있어야 한다. 보이지 않는 것에 이르는 문은 보이는 것이어야 한다."

이런 식으로 나는 쓴 것이다. 실제 내 기사를 문자 그대로의 의미로 받아들이면 나는 이 지표위에 에베레스트 산보다 훨씬 높은 산이 실재하고 있다고 믿는 것이 되는데 이것은 소위 분별 있는 사람이 보기엔 말도 안되는 소리인 것이다. 그런데 여기에 한 사람, 내 말을 정말로 받아들이는 사람이 있는 것이다! 거기에다가 심지어 '탐험을 시도하자'고 한다! 미치광이일까? 아니면 그냥 농담을 좋아하는 사람일까? 그런데 이 나는 뭐지, 라고 나는 자문했다—이런 기사를 쓴 나에게 독자 쪽에서도 같은 질문을 할 권리가 있는 것이 아닐까? 그럼 난 미치광이인가 아님 농담꾼인가? 아니면 그냥 문필가인가?—그렇다, 이제는 확실히 말할 수 있는 것인데 나는 이러한 그리 유쾌하지 않은 질문을 내뱉으면서도 어쨌든 마음 밑바닥에서는 무언가 '유추의 산'의 물질적인 실재를 강하게 믿고 있다는 것을 느끼고 있었던 것이다.

다음 날 아침 나는 편지에 적힌 번호중의 한 곳에 시간에 맞추어 전화를 해보았다. 약간 기계적인 여자의 목소리가 들리면서 "여기는 '아름다운 냄새 연구소'입니다"라고 알리더니 누구를 찾느냐고 물어왔다. 한참 전화를 돌리는 소리가 들리더니 남자의 목소리가 들렸다.

"아! 당신이군요. 전화로는 냄새가 전달되지 않는 게 다행이군요. 일요일은 시간이 괜찮은가요?... 그러면 11시에 저희 집에 와주세요. 점심 먹기 전에 잠깐 정원을 산책을 하죠... 뭐라구요? 파사쥬 데 파트리아슈입니다... 아, 정원 말인가요? 내 연구소에요. 당신도 등산을 하신다고 생각했는데... 그렇군요. 자 그럼 된거죠?... 일요일에 보죠!"

이렇게 되고 보니 이건 미치광이가 아닌 건 틀림없었다. 미치광이라면 향수 공장에서 중요한 직위에 있을 리가 없으니까. 그렇다면 농담꾼? 이 뭔가 열성이 담긴 듯한 목소리로 보아서는 그것도 아닌 것 같았다.

오늘은 목요일이다. 기다리는 3일간 내 주위의 사람들은 뭔가 들떠있는 듯한 나의 모습을 보았을 것이다.

제 1장 만남의 장

그 일요일 아침, 토마토 무더기를 뒤집어버리거나 바나나 껍질에 미끄러지고 땀흘리는 아줌마들 사이를 피해가면서 나는 파사쥬 데 파트리아슈로 가는 길을 서둘렀다. 현관을 거쳐 복도의 주민에게 물어본 다음에 정원 안쪽에 있는 문을 향했다. 안에 들어가기 전에 잠깐 보니까 회반죽이 떨어져 중간이 부풀어 오른 벽을 따라서 6층의 작은 창으로부터 두 개의 자일이 내려와 있는게 보였다. 골덴 바지가—이 거리에서 보이는 것을 그대로 말하자면—창에서 나타났는데 그 앞에는 양말이 있고 펠트 바닥의 신발이 보였다. 그런 하반신으로 웃고 있는 인물은 한 손으로 창의 손잡이를 잡은 상태에서 두 개의 자일을 다리 사이에 넣어 오른쪽 엉덩이로, 그리고 가슴의 앞으로 뽑아 왼쪽 어깨까지 가져왔고 그리고 짧은 조끼의 뒤로 돌린 다음 마지막에는 오른쪽 어깨 위에서 몸의 앞으로 자일을 내리는 순서로 잠깐 사이에 해내고 있었다. 그는 오른손으로 밑으로 내려진 자일을, 왼손으로는 위로 간 자일을 잡더니 발끝으로 벽을 차서 몸의 동체는 바로 아래로 다리를 벌린 채로, 사진에서 자주 보는 그 스타일로, 매초 1미터50정도의 속도로 내려왔다. 그가 지면에 닿을까 말까 하는 순간에 두 번째 인물이 역시 같은 루트로 내려오려고 등장했다. 그런데 이 사람이 벽의 부풀어 오른 곳에 이르렀을 때 그의 머리위로 썩은 감자가 떨어졌고 이것이 바닥에 떨어지는 순간에 위에서 금속성의 목소리가 들렸다. "낙석에 익숙해지기 위한 것이요." 내려오던 사람은 그리 놀라지도 않은 것 같아서 밑으로 내려온 다음 하강후의 '자일 회수'의 이름에 어울리게 한쪽 끝을 잡아 자일을 감아 내리는 동작을 계속했다. 두 남자가 헤어져 눈앞의 현관을 통과해 나가는 것을 관리인이 지켜운 듯한 태도로 지켜보고 있었다. 나는 그대로 앞으로 가서 옆의 통로로 5층까지 올라갔더니 어느 창의 옆에 아래와 같은 게시물이 붙어 있는 걸 보았다.

"피에르 소골, 등산 강사. 강의는 목요일과 일요일의 7시에서 11시까지.

들어오는 방법—창에서 밖으로 나가 왼쪽 밴드를 따라 간 다음 침니를 등반하고 암저의 위에서 잠시 쉰 다음 풍화편암의 사면을 따라 올라온 다음 장다름을 몇 개 우회한 다음 얇은 산등성이를 따라 북쪽에서 남쪽으로 와서 동쪽 비탈에 있는 창에서 들어오기 바람."

계단은 물론 6층까지 연결되고 있었지만 나는 이 미친 짓에 기꺼이 동참하기로 하고 이대로 따랐다. 밴드*라는 건 벽을 따라서

---

*암벽을 가로지르는 선반처럼 생긴 바위.—옮긴이 주. 이하 동일.

제 1장 만남의 장

있는 얇은 테두리를 말하는 것이었고 침니*라는 것은 중정이라고
하기에는 이웃 건물에 둘러싸여 곧 찌부러질 듯한 어두운 빈
공간을 말하는 것이었고 풍화편암이란 건 낡은 슬레이트의
지붕이었으며 장다름**이라는 건 모자나 투구를 뒤집어쓴 굴뚝을
말하는 것이었다. 창을 통해서 들어가자 눈 앞에 예의 그 남자가
있었다. 제법 큰 체격에 말랐지만 튼튼한 쪽이었으며 콧수염을
하고 약간 짧은 머리였다. 그는 우리에 갇힌, 뜻을 품고 있는
표범의 평정함을 갖고 있었다. 침착해 보이는 검은 눈으로 나를
쳐다보면서 손을 내밀었다.

"보시다시피 이런 일을 하면서 생계를 꾸리고 있어요."
그는 말했다.
"제대로 좀 환대를 해줘야 하는데 말이죠…"
"향수 공장에서 일하고 계시다고 생각했는데요."
라고 나는 말했다.
"그것만이 아닙니다. 그밖에도 가정용 기구의 공장, 캠핑
용품점, 살충제 연구소 그리고 사진 제판소에서도 일하고 있지요.
나는 어디를 가도 불가능하다고 생각되는 발명을 실현하겠다는
약속을 하죠. 지금까지는 잘 하고 있습니다만 그들은 다른

---

*세로 방향의 굴뚝모양으로 생긴 바위틈.
**주봉을 호위하듯 주봉 옆에 솟아 있는 봉우리.

마운트 아날로그

건 아무 것도 가능하지 않다고 생각하니까 내게 그렇게 많이 급료를 주고 있지는 않아요. 그래서 브릿지나 여행에 지겨워하는 부자집 자식들에게 등산의 강의를 하고 있습니다. 그럼 편하게 내 다락방으로 가시죠."

과연 그곳은 몇 개의 다락방의 벽을 부수고 하나로 합친 것으로 천정이 낮지만 아주 긴 작업실이었다. 안쪽의 커다란 유리창을 통해 대기와 빛이 들어오고 있었다. 유리창 아래로는 물리 화학의 진열장에 흔히 있는 비품들이 꽉 들어차 있는데 나귀만이 통과할만한 작은 자갈길이 만들어져 있었고 그 곁에는 식목화분과 플란타의 후엽식물, 작은 침엽수, 키작은 종려, 석남화 등의 관목림, 작은 삼림이 무성했다. 이 작은 길을 따라 수백개는 족히 될만한 많은 게시판이 창에 붙여져 있거나 수풀 사이에 끼여있거나 천정에서 매달려 있었는데 즉 비어 있는 공간을 최대한 활용하려고 한 것이다. 그 게시판 하나 하나에는 여러 도표, 사진, 기호 등이 가득 들어 있는데 그 전체가 그야말로 '인간의 지식'이라고 부를만한 일종의 백과사전이 되어 있었다. 식물세포도—멘델레에프의 주기율표—한자의 부수—인체단면도—로렌츠 변환식—행성의 기호의 표—말의 화석의 계보—마야의 상형문자—경제 및 인구 통계표—악장의

제 1장 만남의 장

발췌—동식물의 각 대과의 대표종 표—결정의 형—거대 피라미드의 도면—뇌사진—기호논리학의 공식—모든 국어에서 사용되는 모든 음성의 표—지도—계통도—말하자면 20세기의 피코 델 라 미란돌라*의 두뇌에 집어넣을만한 것의 거의 전부였다.

    여기 저기에는 어항, 수조 및 우리가 있어 기괴한 동물들이 들어가 있었다. 하지만 여기 주인은 그의 해삼, 화살오징어, 물거미, 흰거미, 거미핥이, 도룡뇽 유생 등등을 내가 천천히 보도록 해주지는 않았다. 그 작은 길로 나를 데리고 가서 어쨌든 천장에 머리를 부딪히지는 않았지만 연구실 쪽으로 가도록 했던 것이다. 공기의 흐름과 키 작은 종려의 향 덕분에 끝없는 산길을 걷는 듯한 느낌이 들었다.

    "당신도 알겠지만"이라고 피에르 소골은 말했다. "우리들이 아주 중요한 일을, 결과에 따라서는 우리들 생활의 구석구석까지 큰 영향을 미칠 수도 있는 일을 결정하려는 것이니까 서로를 잘 알지 못한 채로 바로 일을 시작하는 것은 안될 일이라고 봅니다. 함께 걷고, 이야기를 나누고, 식사를 하고 함께 입을 다무는 것—오늘 할 일은 이것이 다입니다. 나중에는 반드시 함께 행동하고 함께 견디지 않으면 안되는 기회를 갖게 될 것입니다—이른바 '서로를 안다'는 것에는 이러한 모든 것이 다

---

*15세기에 활동했던 이탈리아의 인문주의자, 철학자.

필요한 것이죠."

　말할 것도 없이 우리는 산에 대해 얘기를 나눴다. 그는 이 지구상에 어느 정도 알려진 높은 산은 거의 대부분 올라간 적이 있다는데 나는 오늘부터라도 하나의 튼튼한 자일의 양쪽에 연결되어만 있다면 둘이서 어떠한 무모한 등산의 모험에도 따라갈 수 있을 것 같은 느낌이 들 정도였다. 그로부터 이야기는 도약, 활주, 전환을 거듭하면서 금세기의 지식을 눈앞에 펼쳐놓고 있는 그 두꺼운 종이들을 어떻게 이용하고 있는지를 알게 되었다. 우리들은 누구라도 이러한 도표와 기호의 콜렉션을 그 범위의 차이는 있을 망정에 다들 머릿속에 가지고 있는 것이다. 그리고 그러한 종이 조각 몇 장이 그리 흔하지도, 신기하지도 않은 배합으로 우연히—즉 바람의 방향으로 인해, 아니면 단순히 브라운 운동이 액체 안에 떠돌고 있는 입자를 움직이는 것처럼 끊임없이 흔들리는 그 움직임 덕에—한 곳에 모였을 경우 우리들은 최고도의 과학적 철학적 사상을 자신이 '생각하고 있다'고 착각해버리는 것이다. 하지만 여기서는 이러한 소재의 모든 것은 명백히 우리들 바깥에 있었다. 우리들은 그것들과 자신을 혼동할 수는 없었다.

　못에 걸어서 매단 화환처럼 우리는 이 작은 그림에서 그림으로 옮겨가면서 각자는 상대방의 사고의 메카니즘을 명백히 볼 수 있었다.

제 1장 만남의 장

이 인물의 사고 방식 안에는 외관의 모든 부분이 그러한 것처럼 튼튼한 성숙과 어린아이같은 신선함의 기묘한 혼합이 있었다. 특히 나는 나에 비하면 근육질인데다가 피로를 모르는 그의 다리를 느낄 뿐 아니라 무언가 열, 빛, 바람과 같은 예민한 힘으로 그의 사고를 느끼고 있었다. 이 힘이란 것은 관념을 외부적인 사실로 보고 언뜻 봐서는 전혀 연결될 것 같지않은 관념들 사이에 연결을 수립하는 것이 가능한, 그 드문 능력을 말한다. 나는 그가 인간의 역사를 마치 도형 기하학처럼 취급하고 다음 순간에는 여러 가지 수의 특성에 대해 마치 동물의 종류를 드는 것처럼 말하는 것을 들었다―굳이 말하면 보기도 했다고 해야할 것이다. 생체세포의 결합과 분열은 논리적 추론의 어떤 특수한 경우가 되었고 언어는 그 법칙을 천체역학 속에 갖고 있다는 식이었다.

그의 말을 받아주는 것은 쉬운 일이 아니었고 나는 잠시 후에 현기증에 사로잡히게 되었다. 그는 그것을 깨닫고 이번에는 과거의 생활에 대해 말하기 시작했다.

"아직 젊었을 때에 나는 사회적 동물로서의 인간이 맛볼 수 있는 거의 대부분의 쾌락과 불쾌, 거의 모든 행복과 고뇌를 알아버렸습니다. 일일이 당신에게 다 밝힐 필요는 없을 거에요―인간의 운명의 틀 속에서 일어날 수 있는 사건의

리스트는 상당히 한정된 것이어서 대개 닮거나 비슷한 이야기가 되기 때문이요. 단 하나만 말한다고 한다면 나는 어느 날 생애의 하나의 사이클을 마쳤다고 확신하면서 동시에 자신은 혼자다, 정말로 혼자다 라고 느꼈습니다. 여행도 많이 했고 다종다양한 학문을 배웠고 일도 열 종류나 익혔어요. 생활은 말하자면 유기체가 이물질을 받아들일 때처럼 나를 대했습니다―결국 어떻게 봐도 나를 고름처럼 담아두든지 아니면 토해낼 것이었고 나는 나대로 '다른 어떤 것'에 대한 갈증을 가지고 있었습니다. 나는 이 '다른 어떤 것'이 종교에서 발견될 것이라 믿었습니다. 그래서 어느 수도원에 들어갔죠. 특이한 수도원이었습니다. 그곳의 이름과 장소는 별로 중요한 것이 아닙니다. 다만 상당히 이단적인 종파에 속하는 것이었죠."

"특히 이 교단의 수련방식에는 아주 흥미로운 관습이 있었습니다. 매일 아침 수도원장이 우리들 한 사람 한 사람에게―전부 30명 정도였습니다―두 번 접은 종이조각을 한 장씩 주는 것입니다. 그중에 한 장에는 'Tu hodie(오늘은 너다.)'라고 쓰여진 종이가 있어 그 종이가 누구의 손에 들어갔는지는 수도원장만 아는 것입니다. 어떤 때는 전부가 백지였음에 틀림없다고 생각되는 날도 있었지만 확실히는 알 수 없는 것이니까 결과는―언젠가 알 수 있는 바와 같이―마찬가지라고 할 수 있죠.

제 1장 만남의 장

'오늘은 너다' 그것은 이렇게 통보를 받은 수도사가 아무도 모르게 그날은 '유혹자'의 역할을 해야 한다는 것을 의미했습니다. 나는 지금까지 아프리카나 다른 곳에서 원주민들과 같이 인신공양이나 인육 먹기 등 상당히 끔찍한 의식을 본 적이 있습니다. 하지만 어떠한 종교나 주술의 종파에서도 이 매일의 유혹자의 제도만큼 잔혹한 의식을 본 적이 없다고 말할 수 있습니다. 상상해 보세요—공동생활을 하는 30명의 남자들이, 끊임없이 죄짓는 것에 대한 공포에 사로잡혀있는 이 남자들이 누군가 자신들의 동료중의 한 명이 자신들의 신앙, 겸허함, 자비를 테스트하는 역을 맡은 사람이 있다는 것을 알고 서로 어떻게 쳐다볼 것인지를. 거기에는 어떤 위대한 관념의—나뿐 아니라 누구든 간에 마음 속에는 자신을 증오하는 인격과 동시에 그것을 사랑하는 인격을 가지고 있다는 그 관념—악마적인 희화라고 할만한 것이 있었습니다."

"왜냐하면 하나의 것이 이 관습의 악마적인 성격을 증명해주고 있습니다. 그것은 수도사 중 어느 누구도 이 '유혹자'의 역할을 하는 것을 결코 거부하지 않았다는 것입니다. 누구 한 사람도 <u>'오늘은 너다'</u>의 쪽지를 받아들고서는 이 역할을 자신이 할 수 있는 것인지, 자신에게 어울리는 것인지에 대해 조금도 의심을 품지 않았다는 것입니다. 유혹자 자신이 유혹의 끔찍한 희생물이 된 것입니다. 나도 규칙에 따라 몇 번 이 미끼의 역할을 수행한 적이 있습니다만 그것이야말로 내 생애에 있어 가장 부끄러운 기억입니다. 내가 어떤 함정에 빠져있는지를 이해하지 못한 채로 그저 명령에 따랐던 것입니다. 그때까지는 악마 역을 누가 하는지를 금방 알아챘습니다. 그 불행한 사람들은 너무 솔직했습니다. 언제나 똑같은 책략을 꾸몄습니다. 그들의 책략이라는 것은 기껏해야 두 세 개의 전원이 알고 있는 거짓말을 이용해 연기를 하는 것이었습니다—가령 '규칙에 문자 그대로 따르는 것은 그것의 정신을 이해하지 못하는 바보들이 하는 짓이야'라던가 혹은 '슬프지만 나의 건강상태로는 이처럼 가혹한 일은 하기 힘듭니다' 같은 것들입니다."

"그래도 한번 그 날의 악마가 날 잡은 날이 있었어요. 그 남자는 상당히 체격이 큰 친구로 어린아이 같은 파란 눈의 소유자였죠. 휴게 시간에 나한테 다가와 이렇게 말하는 것입니다—"당신이 내 정체를 알고 있다는 걸 압니다. 당신한테는 아무 일도 하지 않을거요. 뭐든지 다 알고 있으니까 말이죠. 애초에 이런 일을 하지 않더라도 유혹은 어디에나 있고, 아니 오히려 우리 내부에 있다는 것을 당신은 잘 알고 있으니까요. 그래도 인간이란 것의 이유를 알 수 없는 무기력을 보십시오—깨워있게 하기 위해서 주어지는 모든 방법이 결국에는 인간을 더욱 잠에 들게 합니다. 우리는 사람들이 외눈안경을 끼듯이 수도사 모자를 쓰며 다른 사람들이 골프를 치듯이 기도를 합니다. 오늘날의 학자들이 생활을 편리하게 하는 새로운 수단을 계속 만들어내는 대신에 그 능력을 인간을 그 무기력에서 구해내는데 맞는 도구를 만드는데 쏟아주면 좋을텐데! 기관총이 많이 있어도 그것이 과녁에서 너무 벗어나 버리면 아무 소용이 없는 것이죠."

"아주 설득력 있게 말을 했으므로 그날 밤 나는 열이 나는 상태에서 수도원장에게 그러한 도구의 발명과 제작에 여가 시간을 쓸 수 있게 해달라고 부탁해 허가를 받았습니다. 바로 얼마 안되서 사람들이 놀랄만한 기계를 몇 개 발명했죠—간단히 글을 쓰고 싶어하는 작가를 위해 5분이나 6분 사이에 잉크가 계속 나오는 만년필을 만들었고 보청기 같이 작은 이어폰이 달려 있는 포터블의 축음기도 만들었는데 이건 전혀 예상치 않은 순간에 "자신을 뭐라고 생각하는가?"라고 소리를 내는 것입니다. 그리고 '의혹의 베개'라고 이름붙인 것이 있는데 이건 자는 사람의 베개로 사용하면 그때 부풀어 오르는 것이었고 어떤 인간의 얼굴을 비추더라도 돼지 머리처럼 보이게 만드는, 곡면을 특별히 디자인한 거울—아주 고심해서 만든 것이었죠—도 만들었습니다. 많은 것을 만들었죠. 그렇게 해서 완전히 일에 몰두하게—더 이상 매일 유혹자가 누구인가를 간파하려 하지도 않게 되었고 그들에게 나를 유혹할 절호의 기회를 주게 되기까지 했는데—되었는데 어느 날 아침 나는 '오늘은 너다'의 쪽지를 손에 쥐게 되었습니다. 처음으로 맞부딛힌 수도사는 그 파란 눈을 한 커다란 남자였죠. 그는 의심하는 듯한 미소로 나를 맞이했는데 난 그로 인해 정신이 번쩍 들었습니다. 난 바로 내 발명의 유치함과 내가 맡은 역할의 한심함을 깨달았습니다. 난 규칙을 몽땅 무시하고 수도원장을 만나러 가서 더 이상 '악마를 연기한다'는 것에 동의할 수 없다고 말했습니다. 수도원장은 반은 진심을 담은, 반은 직업적인 엄격함을 담은 말을 내게 해주었습니다. "아들아. 내가 보기에 너에게는 '무언가를 꼭 이해하고 말겠다'는 강한 욕구가 있는 것 같은데 그것이 네가 여기에 계속 머무는데 방해가 되는 것 같구나. 아무쪼록 다른 길을 통해서라도 하느님에게 갈 수 있기를 기도하겠다…"

"그날 밤 나는 파리로 가는 기차를 탔죠. 이 수도원에 들어올 때는 수도사 페트뤼스란 이름이었습니다. 그런데 나올 때는 소골 신부라는 이름으로 불리고 있었는데 난 이 가명을 그후 계속 쓰고 있어요. 동료 수도사들이 나를 이렇게 부른 것은 나에게서 주어진 모든 것에 시험삼아서라도 반대를 외치고 무엇에 대해서도 원인과 결과, 원칙과 귀결, 실체와 우연을 뒤바꾸어버리는 성향이 있다는 것을 눈치챘기 때문일 겁니다. '소골'Sogol이란 로고스Logos를 뒤집은 아나그램*에 지나지 않는 것으로 확실히 유치하고 뭔가 젠 체하는 것이 있는 건 사실이죠. 하지만 나는 울림이 좋은 이름이 필요했어요. 게다가 이 이름은 그동안 내게 크게 도움이 됐던 사고의 법칙을 떠올리게 해주었습니다. 과학과 기술에 대해 상당한 지식을 가지고 있었기 때문에 나는 몇 군데의 연구소와 공장에서 쉽게 일자리를 얻을 수 있었어요. 조금씩 '동시대'의 생활에 익숙해진 것이 사실이었는데 하지만 그건 어디까지나 외견상으로만 그랬을 겁니다. 왜냐하면 나의 본심으로는 그들이 생활이라고 부르는 것—원숭이 우리안에서 뭔가 대단한 드라마틱한 일이 있는 것처럼 소란을 떠는 것에 결국 나는 따라갈 수 없기 때문입니다."

벨이 울렸다.

"그래, 좋아요. 물리物理 아가씨!" 소골 신부는 이렇게 외친 다음 내게 설명을 덧붙였다. "식사 준비가 된 모양이군요. 갑시다."

그는 나를 작은 길에서 떼어놓은 다음 우리 눈앞에 있는 네모난 종이조각들에 쓰여져 있는 우리들 인간의 모든 지식을 가리키는 제스츄어를 취한 다음 심각한 목소리로 말했다. "가짜예요. 전부 가짜입니다. 여기 있는 종이조각의 어느 것도, 여기에 진리가 있다, 여기에 작지만 확실한 진리가 있다고 할 수

---

* 철자의 순서를 바꾸는 것.

있는 것은 하나도 없습니다. 어느 것이나 미스테리이거나 오류이죠.
미스테리가 없는 것에는 오류가 있고 아니면 그 반대의 경우인
거죠."

작지만 온통 하얀 방에 들어가자 테이블이 준비되어 있었다.
"여기에는 적어도 현실적인 무언가가 있습니다. 물론 이 두
가지 말을 결합시켜도 파열하지 않을 때의 이야기입니다만"이라고
그는 말했다. 우리는 지방 특산의 찌개 요리의 커다란 그릇을
가운데 두고 서로 마주보는 자리에 앉았다. 그 요리는 삶은 짐승의
고기를 가운데에 두고 양옆으로 이 계절에 가능한 모든 야채들이
화환처럼 둘러싼 요리였다. "어쨋든 말을 잘 듣는 우리 물리
아가씨가 브르타뉴 사람 특유의 노련함을 잘 발휘해주니까 우리
요리에는 중정석, 젤라틴, 붕산, 아유산, 포름알데히드 등 오늘날의
식품 산업에서 많이 사용하는 것들이 전혀 포함되지 않은 식사가
가능해집니다. 뭐라 해도 맛있는 찌개는 별 볼일 없는 철학보다 더
가치있는 것이니까요."

우리는 말없이 식사를 했다. 나의 호스트는 식사 도중에 굳이
말할 필요를 느끼지 않는 것 같았고 나는 그의 이러한 의사를
존중했다. 그는 말할 것이 없을 때 말하지 않는 것을 두려워
하지 않았고 말하기 전에 숙고하는 것도 역시 마찬가지였다.
우리가 나눈 대화를 보고하는 지금, 나는 혹시 그가 계속 말하는

것 같은 인상을 주지 않을까 두렵다. 실제로는 그의 이야기나 사적인 고백에는 중간 중간에 긴 침묵이 있었고 나도 중간에 많이 끼어들어서 이야기를 했다. 나도 지금까지의 나의 삶에 대해 개략적으로 이야기를 했는데 그것에 대해서는 여기에 굳이 밝힐 필요는 없을 것 같다. 그리고 침묵의 시간에 대해 어떻게 말로 표현할 수가 있을 것인가? 이것이 가능한 것은 시뿐일 것이다.

식사를 한 다음에 우리는 유리창 아래에 있는 '정원'으로 돌아가서 카페트와 쿠션 위에 몸을 눕혔다. 그것은 천장이 낮은 방에서 공간을 널찍하게 느끼게 만드는 좋은 방법이었다. 물리 아가씨가 커피를 가져다 주었고 소골이 다시 말하기 시작했다.

"식사를 해서 배가 부르긴 하지만 그렇다고 포만감을 느낀다고 할 수는 없어요. 약간의 돈이 있으면 우리들의 이 문명에서는 기본적인 육체적인 만족은 쉽게 얻을 수 있습니다. 나머지는 다 가짜죠. 가짜, 사기, 트릭입니다―고막에서 두개골까지 우리의 생활의 모든 것이 이렇습니다. 수도원장이 말한 것은 맞았어요. 그는 내가 무언가 이해하고 싶다는 욕망에 사로잡혀 있다고 했었죠. 나는 자신이 왜 살고 있는가 하는 것을 모르는 채로 죽고 싶지는 않아요. 그런데 당신은 어떤가요? 지금까지 죽음에 대해 공포를 느낀 적이 있나요?"

말없이 나는 자신의 기억을 탐색했다. 언어가 채 새겨지기도

전의 먼 옛날의 기억을 뒤졌다. 그리고 어렵게 다음과 같이 말했다.
"그래요. 여섯 살 때 우리가 자고 있을 때 파리가 문다고 하는 애기를 들은 적이 있어요. 그리고 누군가가 '눈을 떴더니 죽어 있더라'는 식의 농담을 했죠. 이 말이 내 귀에서 떠나지 않았어요. 그날 밤 침대에서 등불을 끈 다음에 죽음이란 것을, '더 이상 아무 것도 없는' 상태를, 그려보려고 노력했죠. 나는 상상 속에서 내 삶의 외부적인 환경적 요소를 다 몰아냈고 내 자신이 점점 좁혀오는 어떤 고뇌의 원圓에 의해 갇힌다는 느낌을 가졌어요—더 이상 '나'라는 것이 없다고 느낄 정도로…'나'라는 것은 무엇을 의미할까요? 난 그걸 이해할 수 없었습니다. '나'라는 건 맹인의 손에서 생선이 빠져나가 버리듯이 내 생각에서 빠져나갔고 나는 잠을 잘 수가 없었어요. 한 3년간 어둠 속에서 이처럼 자문하는 것이 여러 번 반복되었죠. 그러다 어느날 밤 아주 멋진 아이디어가 떠올랐어요. 이 고뇌를 그냥 견디기보다는 이걸 관찰하고 이것이 어디서 온 것이며 무엇인지를 보기로 한 것입니다. 그래서 알게 된 것은 이것이 배에서 어떤 것이 뭉쳐져서 나오기도 하고 갈비뼈 아래거나 아니면 목 안쪽이기도 하다는 겁니다. 내가 협심증에 걸려서 할 수없이 최대한 몸을 편안하게 하려 하고 배에 힘을 빼려고 했던 걸 기억했습니다. 그렇게 했더니 고통은 사라졌습니다. 이 새로운 상태에서 다시 죽음에 대해 생각하려고 했더니, 불안에 의해 고통을 받는 것이 아니라, 완전히 새로운 감정에 사로잡히게 되더군요. 난 이것을 뭐라 불러야 할지 모르겠습니다―이 신비와 희망 사이에 있는 감정을."

"그래서 당신은 성장하고 학교에 다니고 '철학하기' 시작한 것이군요, 그렇죠? 우리 모두는 대개 비슷한 과정을 거치는 것 같군요. 아무래도 사춘기에 이르면 사람들의 내적 생활이 갑자기 약해지고 원래 가지고 있던 자연스러운 용기가 없어지는 것 같군요. 생각에 있어서도 더 이상 현실 혹은 신비와 정면으로 대면하지 못하게 되죠. 그러한 것들을 성인들의 '의견'이나 혹은 책이나 강의, 교사들을 통해 보게 되죠. 하지만 그 내부의 목소리는 완전히 약해진 것은 아니어서 때로는 밖으로 튀어나오기도 하죠―그것을 붙잡고 있는 것이 주어진 생활에 동요가 생겨서 느슨해 질 때 말입니다. 이 목소리는 모든 것에 질문을 던집니다만 우리는 이걸 다시 목졸라버리죠. 어쨌든 우리는 이미 서로를 조금은 이해하고 있는 겁니다. 그래서 당신에게 나는 죽음을 두려워 한다고 말할 수 있습니다. 우리가 죽음에 대해 상상하는 그런 것을 두려워하는 것이 아닙니다, 어차피 그런 것은 그 자체가 상상적인 것이니까요. 주민등록표에 정확한 일부가 기재되는, 그런 죽음을 두려워하는 것도 아닙니다. 그런 것이 아니라 순간마다 내가 겪는 그 죽음, 계속 나의 존재에 대해 자문하는 그 목소리의

마운트 아날로그

죽음을 두려워 하는 것입니다. "나는 누구인가?"하고 묻는 그 목소리 말입니다. 우리 내부와 외부의 모든 것들이 이 목소리를 죽이기 위해 공모한 것 같습니다. 그 목소리가 아무 말 없을 때마다—실제로 그 목소리는 자주 말하지 않습니다—나는 공허한 몸뚱아리, 움직이는 시체에 지나지 않습니다. 나는 언젠가 그 목소리가 완전히 침묵해 버리거나 아니면 말을 하더라도 너무 늦게 말하지 않을까 두렵습니다—당신 이야기에서의 그 파리처럼 말입니다. 당신이 깨워냈더니 이미 죽어 있었다는 말처럼 말입니다."

"그래서 이게 전부입니다!" 거의 폭력적으로 그는 말했다. "이것으로 아주 중요한 것들은 다 말한 것 같습니다. 나머지는 전부 사소한 것에 지나지 않아요. 몇 년전부터 나는 누군가에게 이런 얘기를 할 때가 오리라고 기다리고 있었습니다."

그는 그대로 앉아있는 채로 있었지만 나는 그가 쏟아오르는 광기에 견딜 수 있는 강철같은 이성을 가지고 있다는 걸 알 수 있었다. 이제는 조금 힘을 빼고 뭔가 짐을 내려놓은 안도감을 느끼는 것 같았다.

"나의 기분좋은 순간은"이라고 그는 앉은 자세를 바꾼 다음에 말을 이어갔다. "여름이 되어 산에 가기위해 등산화, 배낭, 피켈을 꺼낼 때뿐입니다. 사실 긴 휴가를 얻은 적은 없지만 그래도 이걸 잘

제 1장 만남의 장

활용해왔죠! 10개월이나 11개월 걸려서 진공청소기나 합성향료를 완성시킨 다음에 기차로 하루 밤, 버스로 하루 낮의 여행을 하고나서 아직 근육에 도시의 독이 남아 있는 다리로 처음 눈밭에 도착했을 때 머리는 텅비고 손발이 떨리며 가슴은 모든 것에 개방된 상태에서 나는 바보처럼 눈물을 흘렸습니다. 그리고 며칠 후 크레비스서 다리로 버티고 있거나 산등성이에 양다리를 벌리고 있을 때 나는 내 자신을 되찾았음을 알게 됩니다. 지난해 여름 이후 만나지 못했던 인격이 다시 돌아왔다는 것을 느끼게 되는 거죠. 하긴 언제나 같은 인격이라고 생각하긴 했지만 말이죠..."

"그런데 당신처럼 독서와 여행을 통해서, 우리에게 있어 신비적인 모든 것들에 대한 열쇠를 갖고 있는 우월한 타입의 인간이 있다는 이야기를 들을 바가 있습니다. 우리 인류 속에 이런 보이지 않는 우월한 인류가 있다는 관념을 나는 단순한 알레고리라고 보지는 않습니다. 경험이 이미 증명해주다시피 인간은 진실에 직접 도달할 수는 없어요. 어떤 매개체가 있어야 하는데 그것은 어떤 면에서는 인간적인 힘이면서도 다른 면에서는 인간성을 초월한 어떤 것입니다. 이 지구상 어딘가에는 이 우월한 인간성의 형식이 존재하는 것이 틀림없는데 이것은 완전히 우리에게 접근 불가능한 존재는 아닐 것입니다. 그렇다면 나의 모든 노력은 이것을 발견하는데 경주되어야 하는 것이 아닐까요? 나의 확신에도 불구하고, 내가 나의 거대한 환상의 희생물에 지나지 않는다고 해도 이 시도에서 내가 잃을 것은 없을 겁니다. 왜냐하면 이러한 희망을 제외하면 모든 삶은 내게 의미가 없기 때문입니다."

"그런데 어디를 찾아야 할까요? 어디에서 시작해야 할까요? 난 이미 이 세상을 다 돌아보았고 거의 모든 것에, 모든 종류의 종파와 신비주의의 집단에 개입을 해봤어요. 하지만 이 모든 것에서 결국에는 항상 같은 딜레마를 만났죠. 아마도 맞을 수도 있고, 아마도 틀릴 수도 있다는 것 말입니다. 왜 나는 이것이 아니라 저것에 내 목숨을 걸어야 할까요? 당신이 보다시피 내게는 시금석이 없었습니다. 하지만 이런 사람들이 두 사람이 있다는 것은 모든 것을 바꾸어 버립니다. 일이 두 배로 쉬워졌다는 것이 아니라 전에는 <u>불가능</u>하다고 생각되었던 것이 이제는 <u>가능</u>하다는 것이 된 겁니다. 마치 어느 별에서 지구까지의 거리를 재려고 할 때 지구상에 어느 기지旣知의 점을 준 것이나 다름없는 겁니다. 여전히 계산은 불가능하지만 당신이 두 번째 점을 준다면 그것은 가능해 집니다. 그렇게 되면 나는 삼각형을 만들 수 있으니까요."

이렇게 갑자기 기하학으로 이야기의 방향이 가버린 것은 그다웠다. 내가 그를 잘 이해했는지는 모르겠지만 나중에 나는 그의 추론에 작은 오류가 있었다는 걸 알게 되었다. 하지만 그때는 나를 충분히 설복시킬만한 힘이 있었다.

제 1장 만남의 장

"마운트 아날로그에 대한 당신의 기사는 많은 것을 생각하게 해주었어요." 그는 계속 말했다. "그 곳은 존재합니다. 우리 둘 다 그걸 알고 있어요. 그러므로 그걸 발견할 겁니다. 어디에 있는가? 그건 계산의 문제입니다. 약속하겠는데 며칠 후면 그 지리상의 위치를 약간의 오차 범위 안에서 알 수 있을 겁니다. 당신은 바로 출발할 수가 있죠, 그렇죠?"

"그렇긴 하지만 어떻게요? 어떤 경로로, 어떤 교통수단을 이용하며 어떤 돈을 사용하는 거죠? 시간은 얼마나 걸릴까요?"

"그건 다 사소한 것들입니다. 게다가 우리만 있는 것은 아닐 겁니다. 두 사람이면 세 번째 사람을 끌어들일 수 있고 자꾸 늘려나갈 수도 있을 겁니다―사람들이 상식이라고 부르는 것에 맞추어야 하기는 하겠지만. 물은 흐르는 것이 상식인데 하지만 그것을 끓이려면 불을 가해야 하고 얼리려면 냉장고가 필요합니다... 그래서 불이 없다면 불길이 일어나도록 부채질을 해야만 합니다. 다음 일요일에 여기서 모임을 갖기로 하죠. 내가 기대할만한 대 여섯명의 괜찮은 친구들이 있습니다. 한 명은 영국에 있고 두 명은 스위스에 있지만 여기에 올 수 있을 겁니다. 우리들 사이에서는 전원이 모이지 않으면 결코 중요한 탐험 여행을 떠나지 않는 것으로 합의가 되어 있습니다. 중요한 탐험 여행이라면 바로 이것이 그것에 해당될 겁니다."

"나도 두 세명 정도 생각해 둔 사람이 있습니다." 나도 말했다.

"그럼 그 사람들은 네 시 정도에 오는 걸로 하고 당신은 조금 일찍 두 시쯤에 와주시기 바랍니다. 내 계산이 그때쯤 끝나 있을 겁니다. 그런데 지금 가셔야 하는 모양이군요. 출구는 이쪽입니다." 그는 말하고서 자일이 내려와 있는 작은 창을 가리켰다. "계단을 이용하는 것은 물리 양뿐입니다." 풀과 마굿간의 냄새가 나는 로프를 잡고 나는 수초 후에 바닥에 내려왔다.

거리로 나서자 어딘가 낯선 곳에 온 사람처럼 토마토 무더기를 뒤집어버리거나 바나나 껍질에 미끄러지고 땀흘리는 아줌마들과 부딪히곤 했다.

파사쥬 데 파트리아슈에서 생 제르맹 데 프레에 있는 내 아파트까지 돌아오는 길에 내가 내 자신을 투명한 낯선 육체로 살펴보았더라면 나는 아마도 소골 신부가 말하는 'π(파이)를 이해못하는, 털이 없는 두발 짐승', 즉 그와 우리가 속하는 인류라는 것의 행동을 지배하는 법칙의 하나를 발견할 수 있었을지도 모른다. 그 법칙은 다음과 같이 말할 수 있을 것이다―가장 가까운 영향력에 대한 내적인 공명. 마운트 아날로그에의 안내인들은 나중에 나에게 그걸 설명해주었는데 그걸 간단히 '카멜레온 법칙'이라고 불렀다. 소골 신부는 나를 이미 설득시켰고 그가

제 1장 만남의 장

얘기하는 동안에 나는 그의 이 미친 계획에 따를 준비를 하고 있었던 것이다. 그러나 집에 가까워지면서, 나의 오래된 습관을 다시 되찾으면서 사무실의 동료들, 내가 아는 작가들 그리고 내 친구들이 내 말을 들으면서 어떻게 반응할 것인가를 상상해보았다. 그들의 냉소와 회의와 동정을 충분히 상상할 수 있었다. 나는 나의 순진함과 쉽게 설득되는 성격에 대해 스스로 경계심을 갖게 되었다. 그래서 내가 소골 신부를 만난 것을 내 아내에게 얘기할 때 '나이 든 웃기는 아저씨', '환속한 승려', '약간 정신이 나간 발명가', '말도 안되는 아이디어' 등의 표현을 쓰는 내 자신을 발견했던 것이다. 그래서 내가 다 말한 다음에 아내로부터 이런 말을 들었을 때 나는 아연하지 않을 수 없었다. "그래요, 그가 맞는 것 같아요. 나는 오늘 밤에 짐을 쌀 준비를 할게요. 이제 당신들 두 사람만 있는게 아니니까요. 벌써 세 사람이 된 거라구요."

"그럼 당신은 그의 말을 믿는 거야?"

"그건 내가 태어나서 처음으로 듣는 제대로 된 생각인걸요."

카멜레온 법칙의 힘은 정말로 대단한 것이어서 나는 소골 신부의 계획은 결국에는 말이 되는 것이라는 생각으로 되돌아갔다.

이리하여 마운트 아날로그 탐험계획은 만들어지게 된 것이다.

이미 말을 시작했으니 나머지도 계속 말해야만 한다. 아직까지는 미지의 대륙이었던 것이, 히말라야보다 훨씬 높은 산을 가진 그런 대륙이 어떻게 존재하는 것으로 증명되었는지를 말이다. 어떻게 그전에는 아무도 이런 곳이 있는지를 몰랐던 것인지, 어떻게 거기에 도달하는지, 어떤 피조물들을 거기서 우리가 만났는지, 다른 목적을 가진 어떤 탐험대가 어떻게 아슬아슬하게 난파의 위기를 면했는지, 우리가 어떻게 해서 이 신대륙에 뿌리를 내리게 됐는지를, 그리고 이 모든 것에도 불구하고 우리는 겨우 여행을 시작한 것에 지나지 않았다는 것을...

하늘 저 높은 곳에, 하얀 눈에 싸인 저 높은 봉우리들이 만들어내는 그 원환圓環 너머에 눈이 견뎌낼 수 없는 정도의 현기증을 유발하면서, 넘치는 빛으로 인해 제대로 보이지도 않은 상태로, 마운트 아날로그의 절정이 우뚝 솟아있는 것이다.

> 거기, 아주 가는 바늘보다 더 뾰족한 정상에서
> 모든 공간을 채우는 자가 살고 있다.
> 모든 것이 얼어붙는 이 정화된 대기 속에서
> 더할 수 없이 단단한 결정結晶만이 살고 있다.
> 이렇게 높은 곳에, 하늘의 불이
> 활활 타오르는 곳에서는 영원한 백열白熱만이 살고 있다.

제 1장 만남의 장

거기서 그 창조물들의 중심에는 모든 것들의 처음과
끝에서 그 완성된 것으로 보는 자가 있다네.
 그 산의 사람들이 그 높은 곳에서 부르는 노래이다. 정말이지
이 노래대로이다.

 당신은 그렇다고 말한다.
 하지만 조금만 추워져도 당신의 심장은
 두더쥐로 변할 것이다.
 조금만 더워져도 당신의 머리는
 파리떼로 가득찰 것이다.
 배가 고프면 당신의 몸은
 말 안듣는 당나귀처럼 될 것이고
 지치면 당신의 다리는 당신을 비웃을 것이다.

 이것도 산의 사람들이 부르는 다른 노래이다—그걸
들으면서 나는 쓰고 있다, 어떻게 하면 이 실화를 사람들이 믿게
할 것인지를 생각하면서.

제 2장
가정假定의 장

초대받은 사람들의 소개 - 연설자의 체략 - 문제의

소재 - 받아들이기 힘든 가설 - 부조리의 끝까지 - 판자 위의
비非유클리드적인 항해 - 천문학자들을 참조함 - 어떻게 마운트
아날로그는 존재하지 않는 것처럼 존재하는 것인가 - 마술사
메를랭 이야기의 진상에 빛을 - 발명에 있어서의 방법에 대해 -
태양의 문 - 어떤 지리적 이상異常 현상에 대한 설명 - 육지의 중심 -
미묘한 계산 - 억만장자들을 구원해주는 사람 - 겁쟁이 시인 -
겁쟁이 친구 - 겁쟁이 비장파 - 겁쟁이 철학광 - 예방조치

다음 일요일 오후 2시에 나는 아내와 함께 파사쥬 데 파트리아슈에 있는 '실험실'에 갔다. 30분 후에 우리 세 사람은 불가능은 더 이상 존재하지 않는 그런 집단을 형성했다.

소골 신부는 그의 신비스러운 계산을 방금 끝낸 것 같았지만 그는 모든 사람들이 다 참석한 후에 그것을 밝히기로 하고 그것의 공표를 잠시 미루었다. 그 사이에 우리는 우리가 초청한 사람들이 어떤 사람들인지 대략적인 정보를 주고 받았다.

내가 초대한 사람들은 다음과 같다.

이반 랍스는 35세에서 40세 사이의 인물인데 핀란드 태생의 러시아인으로 뛰어난 언어학자이다. 그가 언어학자로서 뛰어난 점은 3, 4개의 다른 언어로 구두로나 문서로나 아주 단순함, 우아함, 정확성을 가지고 자신을 표현할 수 있다는 점이다. 《언어 중의 언어》, 《몸짓 언어의 비교 문법》의 저서가 있다. 작은 체구에 창백한 얼굴을 하고 있으며 머리는 벗겨져 있고 그 주위로 검은 머리가 있으며 역시 검은 눈을 하고 있다. 얇은 코에 평평한 얼굴을 하고 있으며 약간 슬픈 듯한 입매를 하고 있다. 아주 능력 있는 빙하 등반가이며 고산에서의 비박을 아주 선호한다.

알퐁스 카마르는 프랑스인이고 50세이다. 다작이면서도 높은 평가를 받고 있는 시인으로 턱수염을 기르고 꽤 살집이 있는 편이지만 베를레느처럼 약간 무기력한 몸짓을 보여준다. 하지만

제 2장 가정의 장

울림이 좋은 목소리가 이것을 보완해주고 있다. 간장이 좋지 않아 힘든 등산에는 못나서는 대신 산을 노래하는 아름다운 시를 써서 자신을 위안하고 있다.

에밀 고르쥬는 25세의 저널리스트로 사교성이 있으며 음악과 무용에 상당한 열정을 쏟고 있으며 그에 대해 아주 뛰어난 기사를 쓰고 있다. 현수하강懸垂下降의 달인으로 등반보다는 하강을 더 좋아한다. 작은 체구에 특이한 몸집을 하고 있으며 말랐지만 둥근 얼굴이다. 입술이 두껍고 광대뼈가 거의 없다시피 하다.

쥬디스 팬케이크는 내 아내의 미국인 친구로 30세 정도이며 산을 전문으로 그리는 화가이다. 내가 알기로 그녀는 고산高山을 주로 그리는 유일한 화가일 것이다. 그녀는 높은 봉우리에서의 조망이 정물화나 혹은 보통의 풍경화와 같은 지각의 틀에 들어가지 않는다는 것을 잘 이해하고 있다. 그녀의 그림은 고산지대의 풍경의 원형구조를 훌륭하게 표현하고 있다. 자신을 결코 '예술가'라고는 생각하지 않는다. 그냥 자신의 등반의 '추억거리를 남기려고' 그림을 그린다고 말한다. 하지만 나름의 장인적인 양심을 가지고 그리고 있기 때문에 휘어진 원근법을 보여주는 그녀의 그림은 옛날의 종교화가가 천상 세계를 여러 겹으로 이루어진 동심원으로 그리려 했던 바로 그 시대의 프레스코화를 생생하게 떠올리게 한다.

소골 측에서는 자신이 부른 사람들을 아래와 같이 묘사했다.

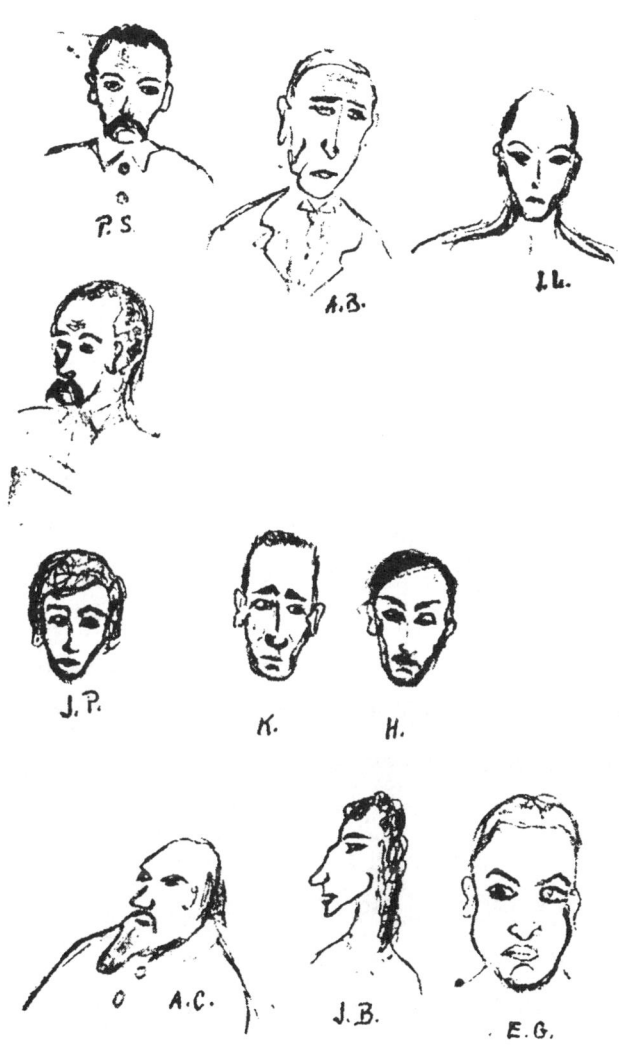

제 2장 가정의 장

아서 비버는 45세에서 50세로 의사이며 요트맨이자 등산가이다. 물론 영국인이다. 지구의 높은 산에 있는 모든 동물, 식물들의 라틴어 이름과 습관, 특징을 다 알고 있다. 해발 1천5백 피트 이상에 있지 않으면 행복을 느끼지 못한다고 한다. 그는 히말라야의 어느 봉우리에서 얼마나 오래, 어떤 방법으로 머물렀는지를 밝히는 것을 내게 금지했는데 왜냐하면 그가 말한대로 그는 '의사로서, 젠틀맨으로서, 진짜 등산가로서 명성이라는 것을 역병처럼 피하고자 하기' 때문이다. 뼈가 드러나는 장신으로서 은빛이 섞인 금발 머리는 햇빛에 그을린 얼굴보다 색이 엷으며 위로 올라간 눈썹을 가지고 있으며 입술은 순진함과 아이러니 사이에서 미묘하게 흔들리고 있다는 인상을 준다.

한스와 칼의 형제는 (어느 누구도 그들을 성으로 부른 적이 없다.) 각각 25세와 28세 정도인데 오스트리아인으로 아크로바틱 등반의 전문가이다. 두 사람 다 금발이지만 형은 둥근 얼굴을 하고 있고 동생은 삼각형의 얼굴을 하고 있다. 지성을 갖춘 근육 덩어리라고 할 수 있는데 강철같은 손가락과 독수리의 눈을 가지고 있다. 한스는 수리 물리학과 천문을 연구하고 있고 칼은 동양의 형이상학에 관심을 가지고 있다.

아서 비버, 한스와 칼의 세 사람은 소골이 말했던 외국에 있지만 곧 올 수 있을 것이라던 사람들로 그와 일심동체나

다름없는 사이라고 했다.

줄리 보나스는 25세에서 30세 사이로 벨기에 사람이고 여자배우이다. 그녀는 그때 파리, 브뤼셀, 쥬네브의 무대에서 상당한 성공을 거두고 있었다. 그녀는 약간 해괴한 한 무리의 젊은이들을 숭고한 목적의 길로 이끄는 역할을 자임하고 있었다. 그녀는 "난 입센을 좋아해요"와 "난 초콜렛 에클레어를 좋아해요"를 같은 톤으로 말할 수 있는 사람으로 그 말을 들으면 우리도 입에 침이 감도는 느낌이 든다. 그녀는 '빙하의 요정'의 실재를 믿고 있으며 겨울에는 리프트가 있는 스키장에서 스키를 한껏 즐긴다.

베니토 치코리아는 30세 정도의 인물로 파리에서 여성복 재단사로 일하고 있다. 작은 체구지만 상당히 멋을 부린 스타일이며 헤겔의 신봉자이다. 원래는 이탈리아 사람이지만 등반의 유형으로는 이른바 독일 학파로—그로쏘 모도 Grosso modo 라고 부르는—그 방법은 다음과 같이 묘사할 수 있을 것이다. 사람들이 가장 선택할 것 같지 않은, 가장 험난한 코스로 산에 도전하는 것으로 그렇기 때문에 경사가 심하고 낙석의 위험도 높은 곳으로 올라가게된다. 정상을 향해 똑바로 접근하며 절대 중간에 조금이라도 편할 것 같은 우회로를 택하지 않는 방식이다. 대개의 경우는 도중에 조난되어 사망하지만 언젠가는 그 나라 등산대의 어떤 사람은 살아서 정상을 밟을 것이다.

소골과 나와 내 아내를 합쳐 전부 다 해서 모두 12명이다.

손님들은 대개 시간에 맞추어 도착했다. 약속이 원래 오후 네시였는데 비버 씨가 3시 59분에 도착했으며 줄리 보나스는 리허설 관계로 붙잡혀 있느라 좀 늦어져서 맨 마지막으로 4시

마운트 아날로그

30분에 도착했다.

　잠시 서로를 소개하느라 약간 혼잡스러운 분위기가 연출됐으나 곧 우리는 임시로 만든 테이블에 앉았고 우리의 호스트가 발언을 시작했다. 그는 나와 나누었던 대화의 일반적인 내용을 그대로 반복했는데 마운트 아날로그의 실재에 대한 그의 확신을 다시 확인했으며 그는 그 곳을 탐험하기 위한 집단을 조직할 것이라고 선언했다.

　"여러분 대부분은" 그는 말했다. "어떻게 내가 탐사범위를 한정지을 수 있는, 최초의 대략적인 계산을 했는지를 잘 알 것입니다. 하지만 한 두 사람은 아직 잘 모르시는 분이 계실 겁니다. 그런 분들을 위해, 그리고 이미 알고 있는 분들이라도 기억을 새롭게 하기위해 내 계산에 대해 다시 말하도록 하지요."

　그 순간에 그는 이 능란한 거짓말에 내가 동참하기를 요구하는 악동같은 시선을 내게 보냈다. 왜냐하면 여기에 온 사람들은 아직 사정을 모르고 있는 상황이었기 때문이다. 하지만 이 단순한 책략을 사용함으로써 각자는 자신이 소수파에 속한다는 것, 즉 '잘 모르는 한 두 사람'에 속하다고 믿고 다른 사람들은 다 알고 있는 것으로 생각해 그만큼 그가 하는 얘기의 방향에 스스로 빨리 설복되는 쪽으로 생각하게 되는 것이다. 소골의 이 단순한 방법, 그 자신의 표현대로 한다면 '관객을 수중에 끌어들이는' 방법은 사실은 '문제를 이미 해결된 것으로 간주하는', 수학에서 사용되는 방법의 단순한 응용에 지나지 않는 것이다. 그는 또한 '점차적인 연쇄반응'이라는 화학적인 애널로지를 사용하기도 했다. 하지만 이런 책략이 진실에 봉사하기 위해 사용된다면 그것을 굳이 거짓이라고 말할 필요가 있을까? 어쨌든 모두들 귀를 쫑긋하고 이야기를 듣고 있었다.

"먼저 전제를 간단히 요약하겠습니다." 그는 말했다. "첫째로 마운트 아날로그는 우리가 알고 있는 어떤 산보다 높은 산이어야 합니다. 그것의 정상은 우리가 알고 있는 수단으로는 접근이 불가능합니다. 그렇지만 두 번째로는 그 기반의 부분은 우리에게 접근 가능한 것이고 그 아래쪽 사면은 우리와 같은 사람들이 이미 살고 있다고 보아야 합니다. 왜냐하면 그곳은 현재의 인간의 영역을 보다 높은 곳과 연결시켜주는 경로일 것이기 때문입니다. 사람이 살고 있다는 것은 즉 주거 가능하다는 것이 됩니다. 그러므로 기후, 동식물군, 모든 우주적 영향 같은 것들을 포함하는 일련의 조건들로 특징지워질 터인데 우리가 살고 있는 대륙과 크게 다르지 않은 것으로 생각됩니다. 산 그 자체가 극단적으로 높기 때문에 그 기반도 대단히 넓을 것으로 판단됩니다. 우리는 지구상의 가장 큰 섬들―예를 들면 뉴 기니아, 보르네오, 마다가스카르, 그리고 심지어 오스트레일리아―과 비교할만한 그런 넓은 지표면을 가진 지역을 말하는 것입니다."

"우리가 이것에 동의한다면 다음 세 개의 의문이 떠오릅니다. 어떻게 해서 이 영역은 지금까지 탐험가들과 여행자들의 눈을 벗어날 수 있었을까? 어떻게 그곳에 갈 수가 있을 것인가? 그곳은 도대체 어디일까?"

"첫번째 의문이 가장 대답하기가 어려운 것입니다. 어떻게 우리 지구상에 히말라야의 최고봉부터 더 큰 산이 아직 아무도 모르는 채로 존재할 수가 있을까요? 하지만 우리는 선험적으로, 유추analogy의 법칙 덕분에 그 산이 존재해야만 한다는 걸 압니다. 왜 아직 아무도 그 산을 보지 못했는가에 대해서는 몇 가지 가설을 제안할 수 있습니다. 첫째로 우리가 아직 많이 모르고 있는 남극대륙에 이것이 있을 수 있다는 것입니다. 하지만 이미 어느 정도 관측이 된 곳만으로 바탕으로 한 지도에서 단순한 기하학적 계산으로 인간의 시각이 닿을 수 있는 지점까지 확인을 해보면 우리는 8천 미터 이상 되는 지점이 없다는 것을 알 수 있습니다—하긴 이곳뿐 아니라 지구상의 다른 곳에도 그런 지점은 없습니다."

이 논의는 내게는 지리학적으로 상당히 문제가 있는 것으로 생각되었다. 하지만 아무도 그것의 문제를 지적하는 사람은 없었다. 그는 계속 말했다.

제 2장 가정의 장

"그렇다면 이 산은 혹시 지하에 있는 것은 아닐까요? 어떤 전설, 특히 몽골과 티벳에서 전해지는 전설에 따르면 '세계의 왕'의 거처로서 지하세계를 언급하고 있고 거기에는 불멸의 씨앗처럼 비전秘傳의 지식이 보존되어 있다고 합니다. 그러나 이 영역은 그 산이 존재한다고 보았을 때의 두 번째 조건에 맞지를 않습니다. 즉 그것은 우리의 그것과 아주 유사한 생물학적 조건을 갖고 있을 리가 없다는 것이죠. 그리고 이러한 지하세계가 존재한다고 하더라도 그것은 아마도 마운트 아날로그의 사면 아래에 존재할 것입니다. 이러한 가설들을 받아들일 수 없는 것이 되었으니 우리는 문제에 다르게 접근해야 할 것입니다. 우리가 찾는 지역은 지구상의 표면이라면 어디라도 상관없이 존재할 수 있다는 것입니다. 그러므로 우리는 어떤 조건하에서 배, 비행기, 기타 여러 탈 것에 의해서도 접근이 불가능하고 또한 우리의 시각으로도 접근을 못하는 그런 곳이 어떻게 존재할 수 있나를 검토해보아야 합니다. 제가 하고자 하는 말은 그것은 이론상으로는 <u>어디에나</u> 존재할 수 있으며 심지어 우리가 전혀 눈치채지 못할 뿐이지, <u>이 테이블 한복판</u>에 존재할 수도 있다는 것입니다."

"내 말을 이해할 수 있도록 여러분에게 유추에 의한 비유를 하나 보여드리도록 하죠."

그는 옆의 방에서 판자를 하나 가져와서 테이블 위에

올려놓더니 그 위에 기름을 뿌렸다. 그리고는 종이를 아주 작은 조각이 되도록 찢은 다음 그것을 기름 위에 던졌다.

"기름을 사용한 것은 그것의 점착성이 가령 물보다는 제 논점을 보여주는데 더 편리하기 때문입니다. 기름의 표면을 지구의 표면이라고 생각해 봅시다. 이 약간 큰 종이조각을 대륙이라 생각하고 이 작은 종이조각을 배라고 생각합시다. 이 가는 바늘로 이 배를 대륙 쪽으로 밀어보겠습니다. 보시다시피 배를 대륙에 붙이는 게 쉽지 않습니다. 이 해안 가까이 수 밀리미터까지 접근하면 이 대륙을 둘러싸고 있는 기름의 굴레에 의해 튕겨져 나가는 것을 알 수 있습니다. 물론 아주 세게 밀면 해안에 닿게 할 수는 있습니다. 하지만 그 액체의 표면장력이 충분히 크면 이 배는 대륙에 닿지 못한 채로 그 주위를 계속 돌게 됩니다. 이제는 이 대륙을 둘러싸고 있는 보이지 않는 구조가 물질적 실체뿐 아니라 빛도 튕겨낸다고 가정을 해봅시다. 배에 타고 있는 사람들은 대륙 주변을 계속 항해하면서 그 대륙에 닿지도 않을 뿐 아니라 심지어 그 대륙을 보지도 못할 것입니다."

"이러한 애널로지(유추)는 사실 거친 것이니까 잠시 제쳐놓기로 하죠. 하지만 나는 여러분들이 어떤 물질이나 그에 가까이 오는 빛에 대해 이러한 반발작용을 한다는 것을 충분히 상상할 수 있을 것이라 생각합니다. 아인슈타인이 이론적으로

제 2장 가정의 장

예측했던 이 사실은 천문학자인 에딩턴과 크롬린에 의해 1919년 3월 30일의 일식 때 확증이 되었습니다. 그들은 어떤 별이 우리를 지나 우리 태양계의 반대편으로 간 경우에도 여전히 보인다는 사실을 명백히 했습니다. 물론 이 빛의 만곡은 아주 미세한 것입니다. 하지만 아직 알려지지 않은 물체 중에는—바로 이 이유로 인해 알려지지 않은 물체—자신의 주변에 이보다 훨씬 강한 공간의 왜곡을 만들어내는 것이 가능하다고 볼 수 있지 않을까요? 그건 그렇다고 보아야 합니다. 왜냐하면 그것이야말로 우리가 지금까지 마운트 아날로그의 존재를 모르고 있을 수 있었던 유일한 이유일 것이기 때문입니다."

"그래서 이것이 단순히 내가 받아들이기 힘든 가설들을 제외하면서 확실하게 정립한 것입니다. 지구상의 어딘가에 그 주변이 수천 킬로미터에 미치는 육지가 존재하는 데 그 가운데에는 마운트 아날로그가 우뚝 서 있습니다. 이 육지의 기반층은 주위의 공간을 왜곡시키는 물질로 이루어져 있어서 이 지역은 말하자면 그 만곡된 공간이 마치 '껍데기'처럼 되어 있고 그 안에 들어가 있는 것이지요. 이 물질들은 어디에서 온 것일까요? 지구 바깥에서 온 것일까요? 그것도 아니면 지구 내부, 그러니까 그 물리적 특성에 대해 잘 알지 못할 뿐아니라 지질학자들의 설명에 따라 어떤 물체도 고체상태로도, 액체상태로도, 그렇다고 기체상태로도 존재할 수 없다는 그곳에서 오는 것일까요? 그건 나도 잘 모릅니다. 조만간 우리가 그곳에 가게 되면 알 수가 있겠지요. 여기에다가 내가 더 추론할 수 있는 것은 이 껍데기는 완전히 닫힌 것은 아닐 것이라는 겁니다. 별을 비롯한 여러 천체에서 오는 모든 종류의 방사선, 즉 사람들의 일상생활에 필요한 그 빛을 받아들이기 위해서 그것은 그 윗부분이 열린 것이 되지 않으면 안됩니다. 그것은 또한 지구의 질량의 상당한 부분을 잡아먹는 것일 것이며 바로 그러한 이유로 지구의 중심을 향해 열려있는 것이어야만 합니다."

그는 일어나서 칠판에 그림을 그렸다.

"이 지역을 그림으로 그리면 이와 같은 것입니다. 여기에 그린 점선이 대략 광선의 진로라고 생각하면 될 것입니다. 이 진로의 방향은 하늘로 올라가게 되는데 그렇게 해서 우주의 광막한 공간에 합류하게 됩니다. 이처럼 일반적인 우주공간과 합류하는 지점은 아주 높은 고도여서—우리의 대기의 층보다 훨씬 높은 것입니다—이 껍데기의 위에서 가령 비행기나 기구를 통해 들어가는 것은 불가능할 것입니다."

"만약 우리가 이 지역을 평면적으로 파악한다면 이 그림과 같을 것입니다. 마운트 아날로그의 바로 인접한 곳에는 우리와 같은 사람들이 살고 있어야 한다는 것을 기억하십시오. 그렇다면

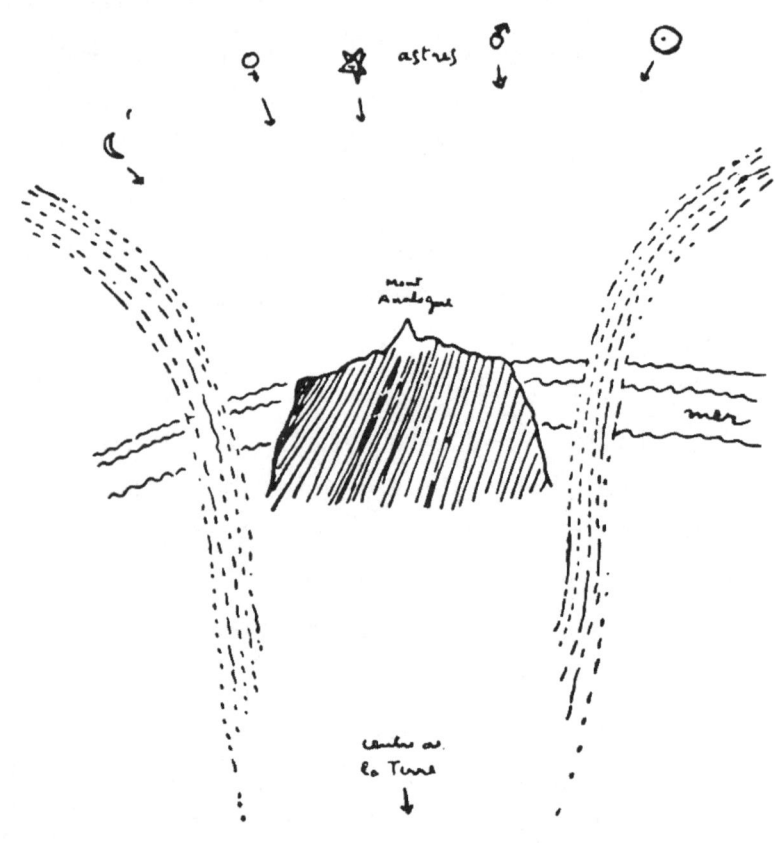

마운트 아날로그

그곳에는 쉽게 눈치챌 수 있는 공간적인 이상異常이 있어서는
안됩니다. 굉장히 넓으면서 안에는 접근할 수 없는, 커다란 만곡의
둥근 고리가 있고 이 고리는 이 지역에서 조금 떨어진 곳에 눈에
보이지도 않고, 만져지지도 않는 외곽을 형성하고 있다는 것입니다.
이것 때문에 모든 것은 마치 마운트 아날로그가 존재하지 않는
것처럼 형성되고 있는 것입니다. 우리가 찾고 있는 곳이 섬이라고
가정하고(그 이유는 나중에 설명할 것입니다.) 이것은 배가 A라는
지점에서 B라는 지점으로 가는 진로를 보여준 것입니다. 우리가
지금 그 배에 타고 있다고 생각합시다. 여기 B에는 등대가 있습니다.
A지점에서 나는 배의 코스를 따라 똑바로 망원경으로 전방을
봅니다. 나는 B에 있는 등대를 보게 되는데 그 등대의 빛은 산을
피해 우회해서 내가 전달되는 것입니다. 나는 빛과 나 사이에 높은
산이 솟아있는 커다란 섬이 있다고는 전혀 의심하지 않습니다.
나는 항해를 계속합니다. 공간의 휘어짐이 별의 빛도, 지구 자장의
역선力線도 피하는 방향으로 이루어지므로 나는 6분의六分儀와
콤파스를 가지고 항해하면서 똑바로 앞으로 나아가고 있다고
생각합니다. 방향타를 조금도 움직일 필요도 없으며 배와 배 위에
탄 모든 것들은 공간의 휘어짐에 그대로 따르게 되며 내가 그림에서
그린 A에서 B로의 우회로를 그대로 따라가게 됩니다. 그래서 이 섬이
가령 오스트레일리아처럼 크다고 하더라도 아무도 이 섬의 존재를

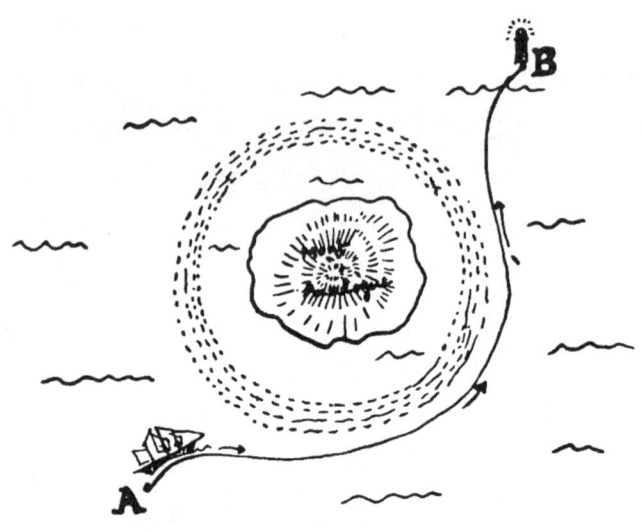

눈치채지 못한 것은 이해할 만한 일입니다. 아시겠죠?"

미스 팬케이크는 갑자기 흥분해서 얼굴이 창백해졌다.

"하지만 그건 마법의 서클 안에서의 메를랭의 이야기와 똑 같은 거네요. 사실 나는 언제나 비비안의 그 바보같은 일은 핵심을 이해하지 못하는 알레고리 사냥꾼들에 의해 만들어진 것이 아닌가 하고 생각합니다. 이 보이지 않는 서클에 들어가 숨어버리는 것은 그의 천성의 한 부분이에요. 그런데 그 서클은 어디에 있는지 아무도 모르죠."

소골은 잠시 동안 아무 말 하지 않고 있었는데 그것은 이 코멘트가 아주 적절한 것이라는 걸 보여주고 싶어서였다.

"알겠어요." 비버 씨는 말했다. "하지만 선장이 A에서 B로 가는 데 원래 예상했던 것보다 더 많은 석탄을 사용했다는 것을 언젠가는 알텐데요."

"전혀 그럴 리가 없습니다. 왜냐하면 배는 공간의 휘어짐에 따라 나아가고 있을 때 그 휘어짐에 비례해서 커지기 때문입니다. 이건 수학의 문제입니다. 엔진도 그에 비례해서 커지고 석탄도 역시 마찬가지로 커집니다."

"아! 알겠습니다. 사실은 모든 것이 서로를 상쇄한다는 것이군요. 그렇다면, 그 섬의 지리적인 위치를 결정할 수 있다면 그 다음엔 거기에 어떻게 상륙할 수 있는 건가요?"

"그것이 풀어야 할 두 번째 문제입니다. 나는 전과 같은 방법을 사용해 성공을 거두었습니다. 즉 문제를 이미 해결된 것으로 간주하고 거기에서 논리적으로 나올 수 있는 모든 결과를 추론함에 의해 그것을 해결할 수가 있었습니다. 이 방법은 모든 분야에서 나에게 큰 도움을 주었던 방법입니다."

"섬에 상륙할 수단을 발견하기 위해서는 지금까지와 마찬가지로 원칙적으로 거기에 상륙할 수 있는 가능성, 아니 필요성을 상정하지 않으면 안됩니다. 받아들일 수 있는 하나의

제 2장 가정의 장

가설은 섬을 둘러싸고 있는 '휘어짐의 껍데기'가 절대로—즉 언제나, 어디서나, 누구에게나—통과할 수 없는 그런 것은 아니라는 겁니다. 어느 때, 어느 곳, 어떤 사람들은(어떻게 해야 하는지 알고 있고, 그걸 원하는 사람들) 들어갈 수가 있다는 것입니다. 우리가 찾고 있는 특권적인 순간은 마운트 아날로그와 그 밖의 세계에 공통되는 시간의 척도의 단위에 의해, 즉 자연적으로 존재하는 대★시계로 이 경우에는 태양의 운행에 의해 결정되는 것이 되지 않으면 안됩니다. 이 가설은 몇 개의 유추(애널로지)에 의한 고찰이 강력하게 받쳐주는 것인데 여기에다 이 가설을 더 확실한 것으로 해주는 것은 이것이 또 다른 난제를 해결해준다는 것입니다. 내가 처음에 그렸던 그림을 보시기 바랍니다. 보시다시피 휘어짐의 선은 공간의 상당히 높은 쪽에서 열립니다. 그렇다면 어떻게 낮에는 태양이 그 광선을 섬 전체에 보내는 것이 가능할까요? 태양에는 섬을 둘러싸고 있는 공간의 '휘어짐을 없애는' 특성이 있다고 인정하지 않으면 안됩니다. 그렇다면 해가 뜰 때와 해가 질 때에 태양은 말하자면 그 껍데기에 구멍을 뚫지 않으면 안됩니다—우리는 그 구멍으로 들어가면 됩니다."

    우리들은 전부 이 추론의 대담함과 그 논리의 힘을 앞에 두고 완전히 할 말을 잃었다. 말이 없었지만 다들 설득되고 말았던 것이다.

　소골은 계속 말했다. "하지만 여기에는 이론상으로 애매한 점이 두 세 개 남아 있습니다. 나는 태양과 마운트 아날로그의 관계를 완전히 이해한다고는 단언할 수 없습니다. 하지만 그 실제적인 문제에 대해 알고 있다는 데에는 전혀 의심의 여지가 없습니다. 마운트 아날로그 주변에 준비를 한 다음에(하지나 동지에 정확히 산의 서쪽 혹은 동쪽에서) 해가 뜨는 순간이나 해가 지는 순간을 기다리면 됩니다. 그렇게 하면 몇 분 정도 문이 열릴 것이고 다시 말하자면, 이때 들어가면 됩니다."

　"벌써 많이 늦었습니다. 왜 동쪽이 아니라 서쪽에서 들어가야 하는지는 나중에(아마도 여행 도중에) 설명하기로 하죠. 그것에는 상징적인 이유도 있고 또 바람의 문제도 있습니다. 이제는 세 번째 질문을 검토해 보아야 하겠습니다. 그 섬은 도대체 어디에 있는가 하는 것입니다."

　"역시 같은 방법을 따르기로 하죠. 마운트 아날로그와 그 하부구조 정도의 무거운 물질의 덩어리가 있다고 한다면 그 지구의 여러 운동에 뭔가 눈에 띠는—나의 계산에 따르면 지금까지 관찰된 두 세 개의 이상보다 더 중대한 이상—이상을 초래하지 않을 수 없습니다. 그럼에도 불구하고 이 덩어리는 분명히 실재하고 있습니다. 따라서 지구의 표면에서의 이런 눈에 보이지 않는 이상은 무언가 다른 이상에 의해 상쇄되고 있는 것이 아니면 안됩니다. 그런데 다행스러운 것은 이것을 상쇄하는 이상은 우리에게 보이는 것일 것이라는 점입니다. 보이는 것이기 때문에 오랫동안 지질학자와 지리학자의 눈에는 아주 명백한 것일 것입니다. 그건 간단히 말하자면 육지와 바다의 기묘한 배분―우리들의 지구를 거의 '육지의 반구'와 '바다의 반구'로 나누고 있는, 북과 남의 이상한 불균형입니다."

그는 책장에서 지구의를 가져온 다음 그것을 테이블 위에 놓았다.

"이것이 내 계산의 원칙입니다. 우선 이 위선을 북위 50도에서 52도 사이에 긋습니다. 이것은 육지의 가로 폭이 가장 넓은 곳을 지나는 선으로 캐나다 남부를 지나서 구대륙의 끝에서 끝까지, 영국의 남부에서 사할린을 지나갑니다. 그런 다음에 이번에는 육지에서 세로 방향으로 가장 긴 곳을 통과하는 경선을 그어봅시다. 이것은 동경 20도에서 28도 사이를 통과하는 것으로 스피츠베르겐에서 남아프리카까지 구세계를 종단합니다. 이런 식으로 8도씩이나 여유를 주는 것은 지중해를 본래의 의미에서의 바다로 생각할 수도 있고 대륙에 둘러싸인 단순한 내해로 생각할 수도 있기 때문입니다. 두 세 개의 전설에 따르면 이 경선은 케오프스의 거대 피라미드 위를 지나야 한다고 합니다.

우리 원칙에 있어서는 대단한 문제는 아닙니다. 이 두 개의 선이 교차하는 곳은 보시다시피 동 폴란드나 우크라이나나 벨라루스의 어딘가로 즉 바르샤바—크라코프—민스크—키에프를 잇는 사각형의 안쪽이라는 것이 됩니다…"

"대단하네요!" 헤겔 신봉자인 재단사 치코리아가 외쳤다. "당신 말을 다 이해합니다. 우리가 찾고 있는 섬은 틀림없이 이 사각형보다 그 면적이 넓을 테니까 계산은 이걸로 충분해요. 마운트 아날로그는 그러니까 이 지역의 대척점인 곳인데…잠깐 기다리세요. 계산을 해볼테니까…

여기네요, 태즈매니아의 동남쪽, 뉴질랜드의 서남쪽, 오클랜드의 서쪽입니다."

"잘 추론을 했군요." 소골은 말했다. "잘 추론을 했지만 너무 성급한 것 같군요. 육지의 두께가 어디나 균등하다면 확실히 그렇게 되겠지요. 하지만 구를 평면으로 옮긴 지도 위에서 이들 대륙의 기복을 입체적으로 부조를 한 다음에 그 중심의 예의 사각형에 고정시킨 끈으로 전체를 들어 올린다고 가정해 봅시다. 아메리카, 유라시아, 아프리카의 산괴山塊는 거의 50도보다 밑에 있으니까 이 평면 구형도는 크게 남쪽으로 기울 것이라 예상할 수 있습니다. 거기에다가 히말라야나 몽골의 산들과 아프리카 산지의 무게는 아마도 아메리카의 산괴보다 더 무거울 것이므로 아마 동쪽으로

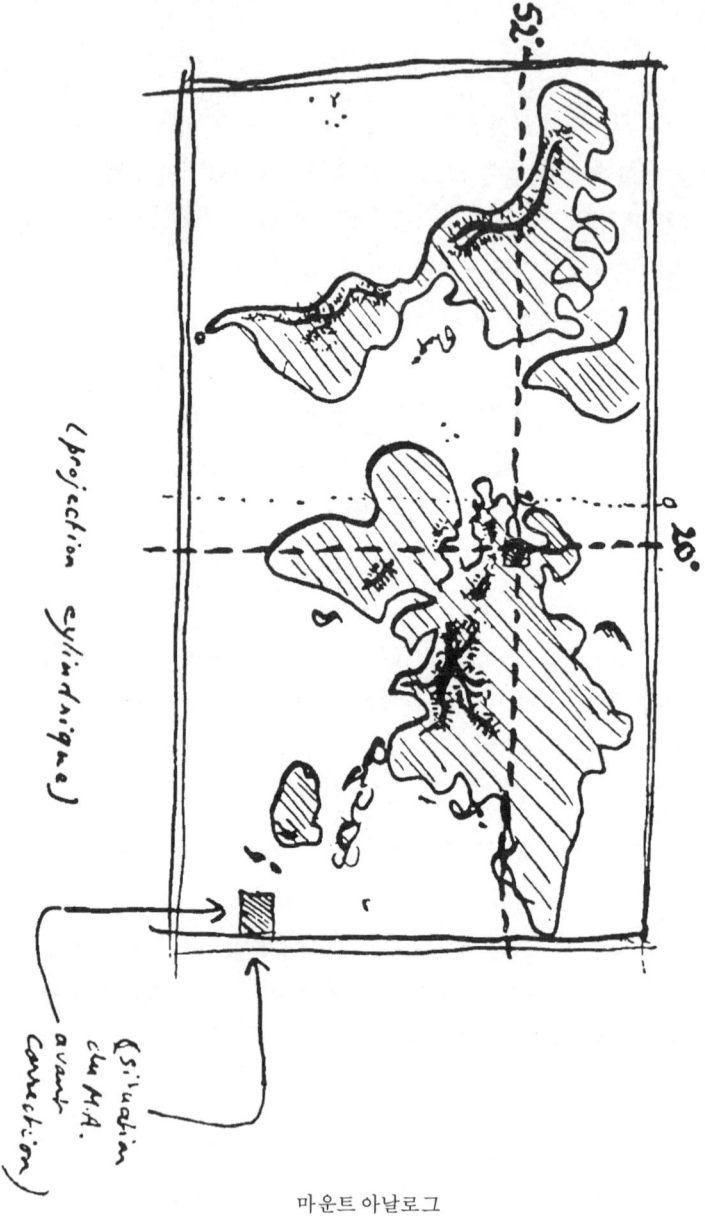

마운트 아날로그

약간 기울 것입니다―물론 보다 엄밀하게 계산을 하지 않으면 알 수 없는 일입니다만은. 그렇게 해서 육지의 중심은 크게 남쪽으로, 거기다가 약간 동쪽으로 옮기지 않으면 안됩니다. 그렇게 하면 발칸의 여러 나라 쪽까지, 아니 더 나아가서 이집트, 칼데아, 성경에서 나오는 에덴의 땅까지 갈 지도 모릅니다만 성급하게 결론을 짓지는 않기로 하죠. 어쨌든 마운트 아날로그가 남태평양 위에 있다는 것에는 변함이 없습니다. 며칠만 제게 더 주시면 계산을 최종적으로 끝낼 수가 있을 것입니다. 그 다음에는 준비를 위해 좀 시간이 필요하겠죠―탐험대를 조직하는 문제와 우리 각자는 긴 여행을 위해 자신의 일을 미리 정리하는 문제가 있을 것입니다. 출발의 날짜는 대략 10월 초로 할 것을 제안합니다. 그렇게 되면 출발까지 두 달 정도 시간 여유가 있는 셈이고 우리는 남태평양에 11월에 도착할 것인데 거기에서는 봄인 것이죠."

"부차적이라 볼 수도 있지만 그래도 역시 중요한 문제들이 있습니다. 예를 들면 탐험의 물질적 수단을 어떻게 마련하느냐 같은 것들 말입니다."

아서 비버가 아주 서둘러서 말했다. "내 요트인 임포씨블 호가 작지만 아주 튼튼한 배이고 세계 여러 곳에 간 적이 있습니다. 이 배를 쓰도록 하죠. 돈에 대해서는 함께 힘을 합쳐야 하겠지만 당장 지금부터라도 필요한 것을 미리 챙겨야 한다고 확신합니다."

제 2장 가정의 장

"아서, 아주 고마운 말이군요." 소골은 말했다. "당신은 가난한 자들의 구원자 정도가 아니라 '백만장자들의 구원자'라 해도 과언이 아니군요. 그러나 아직 우리 앞에는 할 일이 산적해 있어요. 우리 각자는 자신의 몫은 확실히 해야합니다. 우리들 다음 모임은 다음 주 일요일 두시에 하도록 하죠. 내 계산의 최종 결과를 알려 드릴 것이고 그리고 구체적인 행동 계획도 짜기로 하죠."

그 다음에 우리는 한 두 잔 술을 마시기도 했고 담배를 피우기도 했다. 그 다음엔 그 작은 창과 자일을 이용해 우리들 각자는 자신의 생각에 골돌히 싸인 채로 그곳을 떠났다.

다음 주에는 많은 일이 일어나지는 않았다. 편지가 몇 개 온 것을 빼고는 말이다. 첫째로 우울한 시인인 알퐁스 카마르에게서 편지가 왔는데 잘 생각해보니 그의 건강을 고려할 때 우리와 동행하는 것은 힘들지 않을까 하는 것이었다. 그러나 여전히 우리의 탐험에 자기 방식대로 참가하고 싶어했고 그래서 '등산가의 진군의 노래'라는 시를 보냈고 그 시를 통해 '그의 생각이 이 위대한 모험을 수행하는 우리를 따를 것이다'고 했다. 이 시들은 등반시의 여러 가지 무드를 다 갖추고 있었고 등반의 각 단계에 맞는 시가 있었다. 난 여기서 내가 제일 맘에 들었던 것을 인용해보겠다―물론 말할 필요도 없이 당신이 여기서 이야기되는 작은 고난을 모른다면 이 시는 참으로 바보스럽게 비칠 것이다.

그러나 사람들이 자주 말하듯이 이 세상에서는 참으로 다양한 사람들이 있다는 걸 명심하기 바란다.

불운한 등산가의 탄식

차는 알루미늄의 냄새가 난다
30명이 있는 데 침낭는 12개뿐이다
다들 아늑하게 느낀다
새벽이 소리내며 찾아오기 전에
면도날 같은 공기를 호흡하며 떠난다
치명적인 검은색과 치명적인 하얀색 사이에서
내 시계는 제법 지각이 있는 놈이라 멈출 줄도 안다
당신의 시계는 제멋대로 할 것이다
우리는 팔꿈치까지 꿀로 범벅이 되었고
하늘은 구름이 얼어붙은 듯 하고
나가려고 하니 벌써 새벽 빛이 비친다
만년설은 벌써 노란 색이 깃들어 있고
자갈이 비처럼 쏟아진다
손에도 추위가 스며들고
누가 물통에 가솔린을 넣었는가?

우리 손가락은 스폰지처럼 부풀어올랐고
자일은 마치 전신주처럼 느껴진다

오두막에는 벼룩 투성이이고
우리의 코고는 소리는 마치 동물원 같다
나의 귀는 서리가 낀 것처럼 바삭거린다
당신은 오리처럼 보인다
난 항상 주머니가 모자란다
내 콤파스도 어딘가로 가버렸고
좋은 보이스카웃처럼 나는 칼도 잊어버렸다
당신의 그 접이식 면도칼을 내게 다오

산에 오르기 시작해 벌써 2만5천 시간
하지만 아직도 아래쪽 슬로프를 보지 못했다
초콜렛을 많이 먹어 살만 쪘다
바위의 얼음을 깨고 나아갈 때 치즈를 먹어서
건들거리기도 한다
구름은 쏩쏠한 맛이 나며
우리는 저 앞의 새하얀 어두움을 본다
정지! 잠시 쉬면서 추스르자

마운트 아날로그

내 심장 대신에 내 배낭이 두근거리며
그것은 해면의 레벨로 내려가려 한다
그리고 구멍들, 저 구멍들!
녹색이기보다는 검은 색이다
여러 울림 소리와 철길의 소리

퇴석 중에 있는 만개의 포켓들,
가짜 포켓과 진짜 구멍, 누가 알 것인가?
산 정상에서 부러진 다리는 무엇인가?
이것이 내가 만든 죽이다, 당신의 수프 그릇을 다오
여전히 신중하게 해야 한다

빙하가 깨질 때까지 기다리자
우리의 턱수염까지 들어가게 될 것이다
공간에는 진눈깨비가 내리고
우린 다시 잘못된 길로 접어든 것이다
당신 무릎이 떨리는 게 여기서도 들린다
앞의 봉우리는 우릴 막아서고 있다
내가 가진 것은? 기억이 한 무더기 날라갔고
위에는 무언가가 얹힌 듯 하며 목의 갈증은

제 2장 가정의 장

불타는 듯 하다
두 손가락은 녹색으로 변색되었다

정상은 보지도 못했다—
정어리 통조림외에는
자일은 서로 얽혀버려서
우린 이걸 푸느라 일생을 다보내야 한다
골짜기의 암소와 함께 제 정신에 돌아온다

"등산은 어땠어?"
"최고였어. 하지만 힘들기는 했지."

    나는 저널리스트인 에밀 고르쥬한테도 편지를 받았다. 그는 8월에 오와장에서 친구를 만나 라 메이제의 중앙 봉우리에서 남쪽면으로—이곳은 돌이 수직으로 떨어져 5, 6초안에 지표면에 도착한다—하강할 예정이라고 했다. 그 후에는 티롤에서 취재를 할 것이 있다고 했다. 그는 자신 때문에 우리가 출발을 늦추는 것을 원하지 않았고 그가 파리에 있을 것이니까 혹시 우리가 여행기를 보내준다면 그것을 위해 지면을 만들어 보겠다고 말했다.
    소골은 줄리 보나스로부터 아주 길고 감동적인 편지를

받았는데 그 편지에서 줄리는 우리와 동행하는 것과 자신의 작품 활동에 헌신하는 것 사이에 갈등이 있음을 밝혔다—그것은 연극의 신이 질투하는 마음에서 그녀에게 요구한 가장 잔혹한 희생이라는 것이다... 그래서 그녀는 그것에 반항할 마음이 있고 이번에는 자신의 이기적 성향대로 하겠다는 것이다. 하지만 그렇게 되면 그녀의 어린 친구들, 그녀가 그 고통받는 영혼을 돌봐주었던 그 젊은 친구들은 어떻게 된단 말인가?

"어떤가요?" 소글은 나에게 그 편지를 읽어준 다음에 물었다. "당신은 눈물이 나지 않나요? 당신은 이걸 보고도 전혀 마음이 녹아버리지 않을 정도로 무정한가요? 나는 그녀가 아직도 고민하고 있다고 생각하니 마음이 아파서 그녀에게 길 잃은 영혼들과 숭고함을 잃지말고 그냥 여기 있어야만 한다고 말하는 편지를 보냈어요."

마지막으로 베니토 치코리아도 그에게 편지를 보냈다. 12페이지에 이르는 그 편지를 검토한 결과 우리로서는 그도 또한 우리와 동행하지 않기로 결정한 것이라고 결론을 내렸다. 그의 논리는 아주 건축학적인 '변증법적 3항'의 연속으로서 전개되는 것이었다. 요약하는 것은 거의 불가능했다. 그러기 위해서는 그 건축 전체의 구조를 쫓아가지 않으면 안되지만 그것은 또한 위험한 작업이다. 임의로 한 문장을 인용해보겠다.

"가능—불가능—모험의 3항은 직접적으로 현상 가능한 것으로 간주할 수 있는 것으로 따라서 최초의 존재론적인 3항에 비하면 현상할 수 있는 것이지만 단 그것은 변증법적인 역행의—사실은 인식론적인—조건하에 있을 때에만 그렇고 그 역행의 추론 이전적인 내용과 존재론적으로 방향이 주어진 과정의 실제상의 가역성을 포함한 역사적 위치 결정과 다른 것이 아니다—오직 사실만이 이러한 함의를 정당화할 수가 있을 것이다." 맞는 말인 것 같다.

    요컨대 네 명이 속된 말로 '꼬리를 뺀' 것이다. 그래서 8명이 남았다. 소골은 약간의 탈락자가 있을 것이라고 예상하고 있었다고 내게 말했다. 바로 그러한 이유로 그가 우리의 모임에서, 실제로는 다 끝난 것인데도, 계산이 다 안 끝난 척을 했다는 것이다. 그는 마운트 아날로그의 정확한 위치를 우리 탐험대 사람 외에 다른 사람이 아는 것을 원하지 않았다. 나중에 알게 되겠지만 이러한 예방조치는 참으로 현명한 것으로 이렇게 한 것만으로는 불충분하다고 할 정도였다. 만약 모든 것이 정확하게 소골의 추론에 일치하는 것이었다면, 즉 문제의 한 요점을 그가 잊어먹지 않았더라면 이 예방조치의 불충분함은 엄청난 재앙을 불러왔을지도 모른다.

제 3장
항해의 장

즉흥적인 배타기 - 각자 자신의 손으로 - 이야기와 심리학의 세부 - 인간의 사고력의 측정 - 우리는 기껏해야 네가지 정도밖에 생각못한다 - 증명을 위한 실험 - 식량 - 휴대용 야채밭 - 인공적 공생共生 - 연료기구 - 서쪽의 문과 바다의 미풍 - 탐색 - 빙하는 살아있는 것인가 - 텅빈 사람과 씁쓸한 장미의 이야기 - 돈의 문제

10월 10일에 우리 모두는 임포씨블 호에 탔다. 전부해서 8명이다. 요트의 소유자인 아서 비버, 탐험대의 대장인 피에르 소골, 언어학자인 이반 랍스, 한스와 칼의 형제, 고산화가인 쥬디스 팬케이크, 그리고 나와 내 처이다. 우리 사이에서는 주위 사람들에게 절대 탐험의 실제 목적을 밝히지 않기로 약속이 되어 있었다. 하긴 얘기를 해봐야 아마도 그들은 우릴 미쳤다고 생각하거나 아니면 진짜 목적을 숨기기 위해 이야기를 지어낸 것이라고 생각할 것이다. 그들이 무엇을 상상할지는 우리로서는 알 수가 없는 노릇이다. 우리는 그냥 몇 개의 남태평양 상의 섬과 보르네오의 산 그리고 오스트레일리아 알프스를 탐험하고 올 것이라고 공표했다. 우리 각자는 유럽에서 오랫동안 부재할 것이므로 그에 필요한 사전 조정을 했다.

     아서 비버는 그의 승무원들에게 이번 탐험은 아주 오랜 시간이 걸릴 뿐 아니라 위험도 따르는 일이라고 미리 경고를 했다. 그는 가족이 있는 승무원들은 미리 보상금을 주고 해고를 시켰는데 그래서 아일랜드 인 선장과 항해사—임포씨블 호가 그의 두 번째 자아라고 해도 될 정도로 숙련된 인물이다—를 제외하면 단 세 명의 승무원만 남겨두었다. 우리 8명이 이 없어진 승무원들의 대역을 맡아보기로 했는데 이것은 긴 항해중에 시간을 보내기에는 참으로 좋은 방법이 될 것이라 생각되었다. 우리는 물론 선원이

제 3장 항해의 장

되기에 적당한 인물들이 아니다. 우리중 몇 몇 사람은 배멀미를 하는 사람들이다. 다른 사람들도 얼음으로 가득찬 빙벽에 매달려 있을 때만큼의 자유도 행사하기 어려운 형편이어서 물결을 따라 배가 사면으로 미끄러져 갈 때는 참으로 고약한 기분이 들었다. 우리의 아주 높은 욕망으로 가는 길은 이처럼 자주 전혀 원하지 않는 것을 거치지 않으면 안되는 법이다.

　　마스트 두 개를 갖고 있는 임포씨블 호는 순풍일 때는 아주 순조롭게 운행을 했다. 한스와 칼은 기류, 바람, 돛에 대해 암벽이나 자일을 몸으로 익힐 때처럼 잘 알게 되었다. 두 여성은 음식을 준비하는 데 있어 거의 기적적인 일을 수행해냈다. 소골 신부는 선장을 보좌하고 배의 위치를 확인했으며 우리에게 일을 배분해주었고 우리에게 일의 요령을 빨리 체득하도록 도와주는 등 모든 것에 신경을 써주었다. 아서 비버는 갑판 청소를 하고 우리들의 건강을 체크했다. 이반 랍스는 배의 엔지니어가 되었으며 나는 웬만큼은 일을 하는 화부火夫가 되었다.

　　공동 작업을 집약적으로 해야할 필요성은 우리로 하여금 하나의 가족이 되도록 했다. 물론 그것은 아주 특이한 가족이긴 하지만 말이다. 그러나 여전히 이 집단은 여러 다른 기질을 섞어놓은 것이긴 했다. 사실을 말하자면 이반 랍스는 미스 팬케이크가 절망적으로 적절한 단어를 사용하는 능력을 결여하고 있다고 생각했고 한스는 내가 이른바 '정밀' 과학을 이야기할 때마다 나를 의심스러운 눈초리로 쳐다보았다. 내 말을 별로 믿을 수 없다는 것이었다. 칼은 소골 옆에서 일하는 것을 싫어했는데 왜냐하면 그가 땀을 흘릴 때마다 마치 흑인 같은 냄새가 난다는 것이었다. 아서 비버가 청어를 먹을 때 그 만족감을 표현하는 것이 내게는 영 짜증나게 하는 데가 있었다. 하지만 우리의 비버 씨가 의사이자 배의 주인으로서 이 탐험대의 몸과 정신에 병이 생기지 않도록 신경써준 점을 인정하지 않을 수 없다. 우리들 중의 누군가가 다른 사람의 걷는 것, 말하는 것, 숨쉬는 것 혹은 먹는 것으로 짜증이 나거나 하면 그는 항상 제때에 등장해 책망의 말과 함께 우리를 진정시켰다.

    내가 이 이야기를 역사가 쓰여지는 방식이나 혹은 우리 각자가 자신의 과거를 회고하는 식으로 그러니까, 가장 영광스러운 순간을 기록하고 여러 요소들을 하나의 연속성이 있는 식으로 기록한다면 나는 이런 사소한 것들을 생략하고 강인한 마음을 가진 우리 여덟 사람이 아침부터 저녁까지 모든 것을 포괄하는 하나의 강력한 욕망에 사로잡혀 지낸 것으로 이야기해야 할 것인데 이건 물론 거짓말이 아닐 수가 없다. 하지만 우리의 욕망을 건드려주고 우리의 사고의 방향을 잡아주는 불길은 항상 그렇게 오래 지속되는 것은 아니었다. 나머지 시간에는 오히려 우리는 그것을 억지로 기억하려고 노력해야 했던 것이다.

다행히도 매일 해야만 하는 일상적인 일들이 우리로 하여금 자신들의 자유의지로 이 배에 탔다는 것 그리고 우리가 서로에게 반드시 필요한 존재이며 우리가 머무는 곳이 우리로 어딘가 다른 데로 데려줄 배 안이라는 것, 즉 임시적인 주거라는 것을 상기시켜 주었다. 누군가가 이것을 잊어먹은 것 같으면 다른 누군가가 지체없이 이를 상기시켜 주었다.

이것과 관련하여 소골 신부는 그가 몇 년 전에 했던 실험에 대해 말했는데 그것은 인간의 사고의 힘을 측정할 수 있는가 하는 실험이었다. 나는 여기서 내가 이해할 수 있었던 부분만 얘기해보겠다. 이것을 들었을 당시에는 이것 전부를 문자 그대로 받아들여야 할지 아닐지 의아하게 생각했지만 나는 여전히 좋아하는 연구에 몰두하는 쪽이어서 추상적 상징의 발명자인 소골에게는 설득되고 말았다. 요컨대 보통의 경우와는 반대로 어떤 추상적인 것이 어떤 구체적인 것을 상징한다는 것이다. 게다가 그 이후로 추상과 구체라는 관념에는 별다른 의미가 없다고 확신하고 있다. 엘레아의 크세노파네스나 세익스피어를 읽었을 때 알았을지도 모르지만 어떤 것이 있느냐 없느냐의 문제에 지나지 않는 것이다. 그런데 소골은 정신공학자나 지능검사관이 이해하는 것 같은 의미에서 '사고를 측정하려고' 한 것은 아니었다―요컨대 어떤 개인이 어떤 활동(게다가 흔히 사고와 전혀 관계없는 활동)을 행하는 방법을 동연령의 평균적 개인이 같은 활동을 행하는 방법과 비교하면 된다, 라고는 보지 않았다. 문제는 사고의 힘의 절대적인 가치를 측정하는 것이었다. "이 힘은 수학적인 것입니다." 라고 소골은 말했다. "사실 모든 사고는 어떤 전체의 분할을 파악하는 능력인 것입니다. 그런데 수라는 것은 단일성의 구분, 요컨대 어떤 절대적으로 임의인 전체의 구분 이외의 어떤 것도 아닙니다. 그러므로 나는 나나 다른 사람에 대해서 한 개의 인간이 어느 정도의 수를 사고할 수 있는 것이 가능한가, 요컨대 분해도 하지 않고 비유화도 하지 않으면서 머릿속으로 그려볼 수 있을 것인가, 어떤 원칙의 연속적인 귀결을 즉각 동시에 파악하는 것이 가능할까, 어떤 류에 속하는 종을 어느 정도 파악하고, 원인과 결과를, 목적과 수단의 연관을 어느 정도 파악할 수 있는 것인가 등을 조사해봤지만 그 수가 4이상이 되는 경우는 한번도 없었습니다. 게다가 이 4라는 숫자는 드물게 예외적인 노력에 의해서만 나오는 것이었습니다. 바보의 사고는 1로 그쳐버렸고 대다수의 사람이 2였고 때로는 3도 있었지만 4까지는 가는 경우도 아주 드물었습니다. 괜찮다면 여러분과 함께 이 실험을 두 세 개 다시 해봐도 좋을 것 같습니다. 내가 말하는대로 하십시오."

결과가 어떻게 되는가를 알기 위해서는 여기 나오는 실험을 진지하게 다시 해보지 않으면 안된다. 그것은 어느 정도의 주의력과 인내, 평정심을 필요로 하는 것이다. 그래서 그는 계속 말했다. "[1] 나는 외출하기 위해 옷을 갈아입는다. [2] 나는 기차를 타기 위해 외출한다. [3] 나는 일하러 나가기 위해서 기차를 탄다. [4] 나는 내 생활을 위해 일하러 나간다... 그런데 이 연쇄에서 무언가 다섯 번째의 것을 추가해보기 바랍니다. 틀림없이 처음 세 개 중의 하나는 당신의 사고에서 사라져 있을 터이니까요." 좀 더 실험을 해보니까 그의 말대로였다—사실 그가 너무좋게 얘기한 것이라고 할 정도였다.

"이번에는 다른 타입의 연쇄를 해보겠습니다. [1] 불독은 개다. [2] 개는 포유류이다. [3] 포유류는 척추동물이다. [4] 척추동물은 짐승이다... 더 나가 보도록 하죠. 짐승은 생물이다—그런데 여기서 나는 이미 불독을 잊어먹고 있습니다. 불독을 다시 떠올리게 되면 척추동물을 잊어버리게 됩니다... 어떤 종류의 연쇄나 논리적인 구분에서도 같은 현상이 확인될 것입니다. 이런 식이기 때문에 우리들은 끊임없이 우연을 실체로 착각하고, 결과를 원인으로, 수단을 목적으로, 우리들의 별을 영주하는 집으로, 우리들의 몸과 지성을 우리들 자신으로, 우리들 자신은 무언가 영원한 것으로 착각해버리게 되는 것입니다."

작은 배의 선창에는 여러 가지 저장물과 도구류가 잔뜩 들어 있었다. 비버는 계획적일 뿐아니라 창의적인 사고를 하는 그런 정신의 소유자로 먹을거리의 문제를 연구하고 있었다. 2년 동안에 도중에 보급을 받을 기회가 한 번도 없다고 가정하고 우리 8명과 선원 4명의 건강을 지키기 위해서는 5톤 정도의 각종 식량이 있으면 충분할 것이라고 한다. 식사를 하는 기술은 등산의 아주 중요한 부분이지만 의사는 바로 이러한 점을 고도의 완성으로까지 끌고 갔다. 가공돈육, 오일 사르딘, 포도주, 오렌지 등으로 이루어진 피크닉을 갈 때 자주 보게되는 '찬 식사'는 고산 지대로 갔을 때는 아주 독성이 많은 식사가 될 위험이 있다. 다른 한편 마른 과일, 사탕, 지방, 밀가루 등을 기초로 하는 보통의 등산용 식사는 하루나 이틀 정도의 산행에는 어울릴지 몰라도 긴 원정에는 무거운 짐이 되는데다 화학변화의 유인이 될 수도 있다. 비버는 5백 그램을 넘지 않는 '휴대용 야채밭'이란 것을 발명했다. 이것은 어떤 종류의 합성 흙을 담은 운모제의 상자에 특정의 씨를 뿌려서 빠르게 생육시키는 것이다. 평균 만 2일이면 이 밭은 인간 한 사람에게 충분한 야채를—거기에다 약간의 맛있는 버섯도— 생산해낸다. 그는 또 현대의 섬유 재배법을 활용하려고 했다. 소를 사육하는 대신에 직접 비프 스테이크를 재배할 수 있을 것이라고 그는 말했다. 그러나 그의 이 실험은 무겁고 부서지기 쉬운 설비를 필요로 하고 가슴이 답답해지는 생성물밖에 만들어내지 못하는 단계에서 그만 중단되고 말았다. 그냥 고기 없이 지내는 것이 더 나을 것이라 생각되었다.

　한스의 도움을 받아 비버는 이번에는 그가 히말라야에서 사용했던 호흡장치와 난방장치를 개선했다. 그 호흡장치는 참으로 창의적인 것이었다. 신축성이 있는 섬유로 만든 마스크를 얼굴에 갖다댄다. 내뱉은 공기가 튜브를 통해 '휴대용 야채밭'에 보내지면 고지의 자외선 때문에 활동이 격렬해진 야채의 엽록소가 탄산가스 중의 탄산을 빼앗고 보충이 필요한 산소를 인간에게 되돌려 보내는 방식이다. 폐의 활동과 마스크의 탄성이 가벼운 압축 상태를 만들어내고 이 장치는 흡입되는 공기 속의 이산화탄소의 최적의 비율을 확보하도록 조정이 된다. 야채는 배출되는 수증기의 잉여분을 흡수하고 호흡에서 나오는 열이 야채의 성장을 활성화시키게 되는 방식이다. 이리하여 식물과 동물 사이의 생물학적 순환이 개별적인 규모에서 행해지며 현저하게 식량의 절약이 가능해진다. 요컨대 식물과 동물 사이에 인공적인 공생이 실현되는 것이다. 그 밖의 식량은 밀가루, 고형 기름, 설탕, 마른 우유 및 건조 치즈 같은 식으로 압축된 것들이다.

　아주 극단적인 고지에서의 사용에 대비해 우리들은 산소통과 개량호흡용구를 준비했다. 이 도구에 대해 어떤 논의를 우리가 했는지, 그리고 이것들이 어떤 운명을 만나게 되는지는 나중에 얘기를 하도록 하겠다.

    비버 씨는 예전에 촉매내연을 이용한 난방복을 발명한 적이 있지만 실험의 결과 체열을 유지하는 압착공기를 안에 넣은 질좋은 깃털로 된 외투가 있으면 어떠한 극한에서도 걸어다니기에 충분하다는 것을 확인했다. 난방기구가 실제로 필요한 것은 노숙을 할 때뿐으로 그 경우에는 요리용으로도 쓰고 있는 나프탈린을 사용하는 스토브를 사용하기로 했다. 이 나프탈린이란 물체는 운반하기가 쉽고 완전연소를 보증하는(따라서 냄새가 없다.) 특별한 스토브에서 가열시키면 소량으로도 높은 열을 공급하는 것이다. 그래도 우리 탐험대가 어느 정도의 고도에까지 가게될지 알 수 없었으므로 고민한 끝에 알콜 증기가 섞인 공기를 집어넣은, 백금 석면으로 이중 방한을 한 난방복도 가져가기로 했다.

    물론 그뿐이 아니라 우리들은 보통의 등산기구도 가져가기로 했다. 모든 종류의 못과 징을 박은 신발, 자일, 하켄, 햄머, 용수철 훅과 아이젠, 스키와 기타 액세서리를 챙겼고 그리고 여러 가지 관측용 기구들, 나침반, 측사기, 고도계, 기압계, 온도계, 조준의, 카메라 등을 챙겼다. 무기도 가능한 것은 다 준비해서 라이플, 카빈총, 리볼버, 단검, 다이나마이트 등—가능한 어떤 장애물이 등장하더라고 대처할 수 있으려고 했다.

제 3장 항해의 장

소골 자신이 항해일지를 담당했다. 나는 바다에 대해 잘 알지는 못하므로 항해상의 문제에 대해서는 이야기할 수가 없지만 그래도 특별히 기록할만한 그런 일은 없는 것 같았다. 항해는 순조롭게 진행되었다. 라 로셀을 출발한 다음 아조레스, 과달루페, 콜론에 기항했으며 파나마 운하를 통과한 다음 11월의 첫째 주에는 남태평양에 들어섰다.

그 항해 중의 어느 날 소골은 우리에게 왜 그 보이지 않는 대륙에 접근하는 데 있어 일몰시에 서쪽에서 접근해야 하며 일출시에 동쪽에서 접근해서는 안되는 것인지를 설명했다. 그것은 일몰 시에 마치 프랑클린의 열실熱室의 실험이 보여주다시피 바다로부터 온 찬 기류가 마운트 아날로그의 대기의 하층의 가열된 부분을 향해 몰려들기 때문이다. 그렇게 되면 배는 자연스럽게 안으로 빨려 들어가게 되는데 반대로 일출시에 동쪽이면 오히려 튕겨나가게 될 가능성이 크다는 것이다. 게다가 이러한 결과는 상징적으로도 예측가능한 것이다. 문명이란 것은 그 퇴화의 과정에서 동에서 서로 이동하는 법이다. 사물의 근원으로 되돌아가기 위해서는 그 반대의 과정으로 여행해야만 한다.

마운트 아날로그의 서쪽이라고 추정되는 해역에 도착했지만 그래도 뭔가를 더 탐색할 필요가 있었다. 우리는 배의 속도를 절반으로 떨어뜨린 다음에 주위를 순찰하듯이 돌아보았는데 태양의 원이 수평선에 닿을려고 하는 순간 동쪽으로 선수를 돌려서 해가 질 때까지 숨을 죽이면서 그 광경을 보았다. 바다는 아름다웠지만 그 기다림은 괴로운 것이었다. 다음 날도, 그 다음 날도 매일 저녁 희망과 의혹의 순간이 지나갔다. 초조와 의심이 임포씨블 호의 승무원들의 얼굴에 나타나기 시작했다. 다행히 소골은 미리 우리에게 이 탐색은 한 두달은 걸릴 것이라고 말을 한 바 있었다.

다들 잘 버텼다. 해지고 난 후의 시간을 잘 보내기위해 우리는 서로 이런 저런 이야기를 나누었다.

산의 전설에 대해 이야기를 나눈 어느 날 밤의 일이 기억이 난다. 내가 아무래도 산간 지역은 환상적인 전설에 관해서는 가령 바다나 숲에 비해 그런 것이 적은 것 같다고 말을 했다. 칼이 이에 대해 그 나름의 설명을 했다.

"높은 산에 환상의 장소가 없는 것은" 그는 말했다. "거기서는 현실 자체가 인간이 상상할 수 있는 어떤 것보다 놀랍기 때문이에요. 사람들이 아무리 악령, 거인, 히드라, 환상의 괴물 카토블레파스를 상상하더라도 빙하가 불러일으키는 공포와 신비를 이길 수는 없습니다. 아주 작은 빙하라도 말이죠. 빙하는 살아있는 생물입니다. 그 실체는 항구적인 형태를 취하지만

제 3장 항해의 장

주기적으로 자신을 갱신하고 있죠. 빙하는 하나의 유기적 존재입니다. 머리, 즉 정상의 만년설을 가지고 있으며 이 머리 부분이 눈을 먹고 바위의 잔해를 먹습니다만 이것은 가장자리의 균열(베르크슈른트)에 의해 몸의 다른 부분과 확실히 구분됩니다. 그리고 거대한 배가 있는데 눈에서 얼음으로의 변형을 완성시키는 이 부분은 깊은 크레바스와 여분의 물의 배수구가 되는 웅덩이가 몇 개나 새겨져 있습니다. 그리고 하반신에 해당하는 부분에서 빙하는 퇴석이라는 형태로 먹은 것의 잔재를 토해내고 있는 것입니다. 빙하의 생활에는 계절마다의 리듬이 있습니다. 겨울에는 잠을 자고 있다가 봄이 되면 눈을 뜨고 기지개를 폅니다. 그런데 단세포생물과 거의 다르지 않은 원시적인 방법으로 자신을 되살아나게 하는 빙하도 있습니다—접합, 융합, 분열에 의해 이른바 재생빙하가 탄생하기도 하죠."

"네가 말하는 것을 이해는 하지만." 한스가 대답했다. "그건 과학적이라기 보다는 형이상학적인 생명의 정의처럼 보이는군. 생물은 화학적인 과정을 통해서 먹을거리를 섭취하지만 빙하의 덩어리는 물리적 내지 기계적 과정을 통해 자기보존을 하는 것이지. 응고, 융해, 압축과 견인을 통해서 말이야."

"그건 맞는 말이야." 칼은 대답했다. "하지만 만약 여러분이 결정성 바이러스를 연구하고 있다면, 물리학에서 화학으로,

화학에서 생물학으로의 이행 형태를 탐색하는 학자라고 한다면 빙하를 관찰함을 통해 많은 것을 끌어낼 수 있음에 틀림없어요. 아마도 자연은 빙하에 의해 오로지 물리학적인 방법만으로 생물을 만들어내는 최초의 시도를 하는 것인지도 몰라."

"아마도" 한스는 말했다. "'아마도'라는 건 내게는 아무런 의미가 없어. 확실한 것은 빙하의 구성물질은 탄소를 포함하지 않고 있고 그래서 빙하는 유기체라고 볼 수는 없다는 것이지."

문학에 대해서라면 뭐든지 알고 있다는 것을 보여주고 싶어하는 이반 랍스가 끼어들었다. "어쨋든 칼이 맞는 것 같군요. 빅토르 위고는 리기 산에서 돌아올 때에, 물론 그 산은 그의 시대에 이미 그렇게 높은 산이 아니었지만, 높은 산정에서 보는 풍경은 우리의 시각의 습관에 엄청난 변화를 가져오는 것이어서 자연이 거기에서는 초자연의 외관을 띠고 있다고 했어요. 그는 심지어 보통의 인간의 이성으로는 그러한 지각의 변화를 견딜 수 없다고 해서 알프스 지방에 정신박약이 많은 사실을 거기에서 설명하고 있습니다."

"그래요, 맞습니다. 마지막 가설은 물론 넌센스이긴 하지만 말입니다." 이번에는 아서 비버가 말했다. "지난 밤에 미스 팬케이크가 당신이 말하는 것을 입증하는 고산의 풍경의 스케치를 내게 보여주었어요…"

제 3장 항해의 장

미스 팬케이크가 그의 말에 화가 난 모양인지 찻잔을 뒤집는 동안에도 비버는 계속 말했다. "하지만 높은 산에는 전설이 없다고 하는 것은 틀린 겁니다. 나는 아주 이상한 이야기들을 많이 들었어요. 내가 들은 것이 유럽의 전설이 아니라는 것은 인정합니다만."

"그럼 한번 들어보고 싶군요." 소골이 말했다.

"오늘밤은 어려울 것 같군요." 비버는 대답했다. "기꺼이 이러한 이야기 중의 하나를 말해줄게요. 내가 말해준 사람들에게 약속한 것이 있어 어디에서 나온 이야기인지를 밝힐 수는 없습니다. 하지만 가급적 아주 정확하게 전달해주고 싶네요. 그러기 위해서는 내가 원어로 재현하고 우리의 친구인 랍스 씨가 번역해서 전달하는 것이 좋을 것 같습니다. 원한다면 내일 오후에 들려드리죠."

다음날 점심 식사 후 요트는 여전히 조용한 바다 위에 정박하고 있었지만 그 이야기를 듣기 위해서 우리는 모였다. 우리들은 서로간에 대개 영어로 말하고 있었고 간혹 불어로 말하기도 했는데 이 두 언어는 다들 어느 정도 이해하고 있었기 때문이다. 이반 랍스는 이 전설을 불어로 번역하는 것을 선호했는데 그는 이것을 자신이 직접 낭독했다.

텅빈 사람과 씁쓸한 장미의 이야기

텅빈 사람들은 단단한 바위 안에서 살면서 움직이는
동굴의 모양으로 이동한다. 얼음 속에서는 그들은 인간의
모양을 한 거품으로 나타난다. 그들은 결코 밖으로
나가지는 않는데 왜냐하면 바람이 그들을 날려버릴 수가
있기 때문이다.
그들은 바위 안에 집을 가지고 있는데 그건 그 바위의
벽에 텅빈 곳이 있을 때 가능하다. 얼음 속에서는 텐트를
치고 있는데 그 얼음의 소재는 거품이다. 낮 동안에는
바위 안에 머무르지만 밤이 되면 얼음 안을 돌아다니면서
달빛을 받으면서 춤을 춘다. 그들은 결코 태양빛을 보려고
하지 않는데 왜냐하면 그걸 보면 그들이 터져버릴 것이기
때문이다.
그들은 오직 공허한 것만을 먹는데 예를 들면 시체의 형식
같은 것들이다. 그들은 텅빈 말에 취하며 우리가 말하는
의미없는 표현들을 맛있게 먹는다.
어떤 사람들은 그들이 항상 존재했으며 앞으로도 영원히
존재할 것이라고 한다. 다른 사람들은 그들은 이미 죽은
존재라고 한다. 그리고 어떤 사람들은 칼에는 칼집이 있고

제 3장 항해의 장

발에는 발자국이 있는 것처럼 모든 사람들에게는 그만의
텅빈 사람이 있어 죽을 때 그를 만나게 된다는 것이다.
'백 개의 집이 있는 마을'에는 나이 많은 승려이자
마술사인 키세와 그의 아내인 휠레 휠레가 살고 있었다.
그들에게는 두 아들이 있었는데 이들은 똑같이 생긴
쌍둥이로 모와 호라고 불리고 있었다. 너무 똑같아서
그들의 어머니가 헷갈릴 정도였다. 명명식을 할 때 그들을
구분하기 위해 모에게는 작은 십자가가 달린 목걸이를
주었고 호에게는 작은 반지가 달린 목걸이를 주었다.
키세는 아직 어디 말하지는 않았지만 고민거리가 하나
있었다. 관습에 따르면 그의 장남이 그를 상속하게 된다.
하지만 누구를 그의 장남이라고 할 수 있을 것인가?
그에게 장남이 있다고 할 수 있을까?
청년이 될 무렵 모와 호는 이미 숙련된 등산가가 되어
있었다. 그들은 이미 산의 귀신이라 불릴 정도였다. 어느
날 그들의 부친이 그들에게 말했다. "너희들 중 내게
씁쓸한 장미를 가져다 주는 사람에게 내가 커다란 지혜를
전해주도록 하마."
씁쓸한 장미는 가장 높은 봉우리에 있다고 하는 것이다.
그것을 먹은 사람은 거짓말을 하려고 할 때마다, 혼자서도

아니면 사람들이 있을 경우에도, 그의 혀가 불타는 것
같은 고통을 맛보게 된다. 물론 그는 여전히 거짓말을 할
수는 있지만 미리 경고를 받은 셈이다. 씁쓸한 장미를 본
사람은 몇 명 있었다. 그들이 말하는 것에 따르면 그것은
극채색의 이끼 같기도 하고 한 무리의 나비 같다고도
한다. 하지만 씁쓸한 장미를 손에 넣은 사람은 없다.
그것의 근처에서 약간의 떨림만 있어도 그것은 바위
속으로 숨어버린다고 한다. 누가 그것을 원한다고 해도
그것을 소유하는 걸 조금만 두려워 하면 바로 씁쓸한
장미는 사라져 버린다.
불가능한 일이나 부조리한 과업을 표현할 때 그래서
사람들은 다음과 같이 말한다. "벌건 대낮에 밤을 찾는
것이나 다름없는 일이다." 혹은 "그건 씁쓸한 장미를
잡으려는 것이나 다름없다."고 말이다.

모는 자일, 햄머, 피켈을 자유자재로 구사한다. 해가 뜰
무렵에 이미 그는 '구름낀 머리'라 불리는 봉우리에
올라가 있었다. 하얀 눈과 파랗고 검은 하늘 사이에서
때로는 도마뱀처럼, 때로는 거미처럼 그는 빨간 암벽을
기어올라가고 있었다. 빠르게 움직이는 구름이 그를

둘러싸기도 했지만 다시 그를 빛에 노출시키기도 했다. 그리고 마침내 그의 위쪽으로 조금 떨어진 곳에서 쏩쓸한 장미가 있는 것을 보았다. 그는 공포를 물리치기 위해 아버지가 알려진 주문을 반복해서 외웠다.
이 바위 위에 올라서기 위해서는 자일을 고정시킬 필요가 있었다. 햄머를 사용해서 바위를 두들기자 손이 어딘가 구멍 같은 것 안으로 들어가버렸다. 바위의 안쪽에 텅빈 부분이 있었던 것이다. 바위의 바깥쪽을 조금 허물어서 들여다보니 그 텅빈 부분은 사람의 모양을 하고 있는 것이다. 동체가 있고 두 다리, 두 팔이 있으며 공포에 질려 쭉 뻗은 손가락까지 있는 것이 아닌가. 그가 햄머를 사용해 두들긴 것은 그 머리에 해당하는 부분이었다. 차가운 바람이 바위 위를 지나갔다. 모는 텅빈 사람을 죽여버린 것이다. 그가 몸을 떨자 바로 쏩쓸한 장미는 바위 속으로 돌아가버렸다.

모는 마을로 돌아와 아버지에게 말했다. "나는 텅빈 사람을 죽여버렸어요. 하지만 쏩쓸한 장미를 봤습니다. 내일 다시 가서 찾을 생각입니다."
늙은 키세는 심각한 표정을 지었다. 저 멀리서 재난이

꼬리를 물고 달려오는 것 같은 표정이었다. 그는 말했다.
"텅빈 사람에 대해서는 충분히 주의를 해야한다. 그들은
복수를 하려고 할거야. 그들은 우리 세계로 들어오지는
못하지만 사물의 표면에까지는 올 수가 있어. 사물의
표면에 조심해야 한다."
다음날 새벽 어머니인 휠레 휠레는 커다란 소리를
지르면서 일어나 바로 산 밑으로 달려갔다. 거대한 암벽
맨 밑에는 모의 옷이 놓여져 있고 자일과 햄머, 그리고
십자가 달린 목걸이까지 놓여져 있었다. 하지만 그의
몸은 어디에도 없었다.
그녀는 울면서 돌아와 소리쳤다. "호! 내 아들아. 그들이
너의 형제를 죽였다. 그들이 내 아들을 죽였어!"
호는 이빨을 꽉 깨물면서 일어났다. 그는 도끼를 들고
출발한 채비를 했다. 그의 아버지가 그에게 말했다. "내
말을 잘 들어라. 넌 이렇게 해야 한다. 텅빈 사람들은
모를 잡아서 그도 텅빈 사람으로 만들었을 것이다. 그는
탈출하려고 할 것이다. 그는 빛을 찾아서 투명 빙하의
탑까지 올 것이다. 너의 목에 그의 목걸이까지 같이
매달아라. 그를 만나거든 주저하지 말고 그의 머리를
치도록 해라. 네가 그의 몸 안의 텅빈 곳에 들어가게 되면

제 3장 항해의 장

모는 다시 살아서 우리에게 돌아올 것이다. 이미 죽은 사람을 죽이는 것이니까 두려움을 가져서는 안된다."

호는 투명 빙하의 푸르스름한 얼음을 멀리서 쳐다보고 있었다. 빛이 그에게 장난을 치는 것일까, 아니면 그의 눈이 그를 속이는 것일까? 그는 자신이 보는 것을 믿을 수가 없었다. 그는 팔과 다리를 가진 은빛 형태의 것을 보고 있었는데 그건 마치 몸에 기름을 바른 잠수부가 물 속에 있는 때 같은 모습이었다. 거기서 그의 형제 모를 보았는데 그는 수천 명의 텅빈 사람들이 쫓아오는 것을 뿌리치면서 오고 있었다. 하지만 그들은 빛을 두려워 해 머뭇거리는 사이에 모는 빛을 찾아서 뛰어올라서 몸을 여러 번 돌렸다. 마치 문을 찾고 있는 것 같았다. 호는 가슴이 뛰고 혈관에 피가 몰리는 것을 느꼈지만 천천히 앞으로 나아갔다. 그의 피와 심장에게 그는 이렇게 말했다. "이미 죽은 사람을 죽이는 것을 두려워 하지 마라." 그 다음에 그는 모의 머리를 세게 쳤다. 모는 순간 움직임을 멈추고 가만히 있었다. 호는 얼음을 깨고 자신의 형제의 몸으로 들어 갔다. 그건 칼이 칼집으로 들어가고 발이 발자국으로 들어가는 것 같은 것이었다.

그는 팔꿈치를 움직여 몸을 제대로 집어넣으려고 했고
그 다음엔 다시 다리를 빼서 그 얼음으로 된 주형에서
벗어나려 했다. 그 순간에 그는 자신이 한번도 들어본
적이 없는 말을 자신이 하고 있다는 것을 깨달았다. 그는
자신이 호라는 것을 알고 있었지만 동시에 자신이 모라는
것도 느끼고 있었다. 모의 모든 기억이 그의 머리 속으로
들어왔다—'구름낀 머리'의 정상으로 가는 길과 씁쓸한
장미가 있는 곳도 다 들어왔다.

그의 목에 반지와 십자가를 매단 채로 그는 휠레 휠레에게
돌아왔다. "어머니, 이제 우리를 구분하느라 고생할 일이
없어요. 모와 호는 이제 한 몸을 갖게 되었거든요. 나는
당신의 외아들 모호에요."

늙은 키세는 눈물을 흘렸지만 그의 얼굴은 행복을 느끼고
있다는 걸 보여주었다. 하지만 여전히 해결하길 바라는
의문이 하나 있었다. 그는 모호에게 말했다.

"너는 나의 외아들이다. 모와 호는 더 이상 서로
분리되어서는 안된다."

모호는 확신을 가지고 말했다. "이제 나는 씁쓸한 장미에
도달할 수 있어요. 모는 그 길을 알고 호는 제대로 동작을
취할 수가 있습니다. 내 공포를 지배하게 되었으므로

제 3장 항해의 장

이제는 그 식별의 꽃을 손에 넣을 것입니다."
그는 꽃을 손에 넣었고 그 지혜도 손에 넣었다. 늙은
키세는 이 세계를 편안한 마음으로 떠날 수 있었다.

그날 밤도 태양은 다른 세계의 문을 우리에게 열어주지
않으면서 지고 말았다.
이러한 기다림의 시간 동안 다른 의문이 우리의 신경을
온통 잡아먹고 있었다. 외국에 가서 무언가를 얻으려고
한다면 으레 당연히 그에 상응하는 돈을 가지고 있어야
한다. 여행에서 만나는 '야만인' 혹은 '원주민'과의 교환의
목적으로 탐험가들은 여러 가지 것들을 준비한다―칼,
거울, 파리의 기념품, 발명가의 잡동사니, 팔찌, 바지
서스펜더, 싸구려 장신구, 크레톤 천, 비누, 브랜디, 소총,
무해한 화약, 사카린, 모자, 빗, 담배, 파이프, 메달, 메달
끈 등등―신앙용의 작은 것들은 차치하고 말이다. 여행
도중이나 그 대륙의 내부에서 만나게 되는 사람들이
우리와 같은 인류라면 이런 것을 주면 되겠다는 생각에서
마련한 것들이다. 하지만 만약 마운트 아날로그에서
우리보다 차원이 높은 존재를 만나게 된다면 도대체
무엇을 교환할 것인가? 우리가 가치가 있는 것으로 뭘

가지고 있는 것일까? 우리가 찾는 새로운 지식에 대해 그 댓가로 뭘 지불해야 할 것인가? 우리는 그것을 그냥 일종의 기부로 받아야 할까 아니면 나중에 갚아야 하는 채무로 받아들여야 할까?

우리들 각자는 자신이 갖고 있는 것이 무엇인지를 점검했는데 그러다보니 시간이 가면 갈수록 우리는 자신들이 가난하다는 생각이 들었다. 자신의 주변에 있는 것 중에서 정말로 자신에게 속한다고 할 수 있는 것이 없다는 생각이 들었다. 그래서 나중에는 우리가 가진 것이라고는 아무 것도 없는 여덟 명의 거지라는 생각까지 들게 되었고 그런 생각을 가진 채로 우리는 해가 수평선 아래로 지는 것을 힘없이 바라볼 뿐이었다.

제 4장
도착 그리고 돈의 문제가 정확히 제시된다

우리는 도착했다 - 모든 것이 새롭지만 놀랍지는 않다 - 심문 -

'원숭이의 항구'에서의 정착 - 오래된 배들 - 이곳의 화폐 시스템 - 모든 가치의 척도인 페라당 - 해안가의 좌절된 주민들 - 식민지의 형성 - 열정적인 소일거리 - 형이상학, 사회학, 언어학 - 동식물과 신화 - 탐험과 연구를 위한 기획 - '언제 떠날 건가요?' - 천박한 부엉이 - 예기치 않은 비 - 장비를 내적, 외적으로 단순화하다 - 처음으로 보는 페라당!

미지의 것을 너무 오래 기다리다 보니 막상 그것을 만나고서는 별로 놀라움이 크지 않게 되었다. 우리는 이곳에 온 지 삼일밖에 안되었다. 마운트 아날로그 산의 비탈에 있는, 여기 사람들이 '원숭이의 항구'라고 부르는 곳의 임시 거처에 있다 보니 모든 것이 이미 친숙한 것으로 느껴진다. 내 방의 창문으로는 부둣가에 정박해 있는 임포씨블 호가 보이고 그 바깥쪽으로 수평선을 향해 열려있는 만이 보인다. 다른 항구에서 보는 수평선과 특별히 다른 것이 없어 보인다. 하지만 태양의 운행에 따라 그 수평선은 새벽에서 정오까지는 올라갔다가 정오에서 저녁 무렵까지는 다시 내려가곤 하는데 어떠한 광학적 현상에 의해 이런 일이 일어나는지 소골은 내 옆방에서 이 문제를 풀기위해 골몰하고 있다. 탐험대의 일지 작성을 이제 내가 맡게 되었으므로 난 오늘 아침부터 우리가 이 대륙에 도착할 때의 상황을 기록하려고 하고 있다. 나로서는 처음 이 곳에 도착했을 때의 그 어떤 것, 대단히 놀라운 것이면서도 동시에 이미 친숙한 그것, 뭔가 혼란스럽게 하는 그 기시감旣視感을 어떻게 묘사해야 할지 모르겠다. 내 동료들이 써놓은 메모들을 사용하려 하는데 약간은 도움이 될 것 같다. 나는 한스와 칼이 찍은 사진과 영화에도 기대를 걸었다. 하지만 현상을 해보니 감광판에는 어떤 이미지도 나타나지 않았다. 보통의 기재로는 여기서는 어떤 사진도 찍을 수 없었다—이건

제 4장 도착 그리고 돈의 문제가 정확히 제시된다

소골이 그의 머리를 써서 해결해야할 또 다른 광학적 문제가 될 것이다.

그래서 3일전에 태양이 또 수평선 아래로 내려가려 할 때 우리는 뱃머리에서 그걸 바라보고 있었는데 갑자기 바람이 불었다. 아니 오히려 무언가 강한 흡인력이 우리를 앞으로 잡아당기는 것 같았고 우리 앞에 갑자기 공간이 하나 열렸는데 그건 바닥이 없는 텅빈 공간으로 공기와 물이 뒤섞인 수평의 심연이었다. 배는 삐거덕거리는 소리를 냈고 상승하는 사면을 따라 그 심연의 중심까지 미끄러져 갔는데 거기서 정신을 차려보니 눈 앞에는 육지가 있었다! 그 해안가에는 나무와 집들이 있었고 위쪽으로는 개간된 땅과 숲, 바위가 보였으며 더 위쪽으로는 아주 높은 봉우리들이 연이어 있었으며 빙하가 지는 햇빛을 받아 자주빛으로 빛나고 있었다. 대략 배마다 열 명 정도의 노젓는 사람이—그들은 명백히 유럽인으로 보였는데 벌거벗고 갈색의 몸통을 드러내고 있었다—있는 작은 배로 이루어진 선단이 우리를 정박지까지 인도해갔다. 그들은 마치 우리가 오는 것을 알고 있었던 것처럼 보였다. 그곳은 지중해에 있는 작은 어촌과 아주 흡사했다. 우리는 조난했다거나 엉뚱한 곳에 왔다는 생각이 전혀 들지 않았다. 선단의 지휘자로 보이는 사람은 말없이 우리들을 인도해 어느 하얀

집으로 데리고 들어갔고 그곳의 아무 것도 없고 단지 바닥이 빨간 타일로 된 방에 데려갔다. 그 방엔 등산복 차림의 한 사내가 카펫 위에서 우리를 맞이했다. 그는 완벽한 불어를 구사했는데 하지만 자신을 이해시키기 위해 낯선 표현을 사용해야 하는 사람 특유의 우스꽝스러움이 그 말에서 드러났다. 주저함이나 부정확함은 없었지만 확실히 그는 번역을 해서 말을 하고 있었던 것이다.

    그는 우리 한 사람 한 사람에게 순서대로 질문을 던졌다. 그의 질문 각각은 대단히 단순한 것이었지만—우리는 누구이며 왜 여기 왔는가 등등의—우리의 방어벽을 순식간에 무너뜨리면서 우리의 내면까지 들여다보는 것 같은 기분이 들었다. 당신은 누구요? 나는 누구일까? 우리는 그의 질문에 대해 경찰관이나 세관원이 질문할 때처럼 대답하지는 못할 것 같았다. 이름과 직업을 대답하면 될 것인가? 그것은 무엇을 의미하는가? 하지만 당신은 누구이며 당신은 무엇인가? 우리가 말한 것들은—하긴 더 나은 수단도 없지만—마치 죽어버린 것처럼 쓸모없고 혐오스러우며 그로테스크하기까지 하다. 우리는 마운트 아날로그의 가이드들을 상대하면서 그냥 말로만 해서는 안된다는 것을 깨달았다. 소골이 용기를 내어 우리들의 이 여행에 대한 간략한 설명을 그들에게 해주는 과업을 떠맡았다.

    우리를 맞이한 그 남자도 역시 가이드였다. 이곳에서는 모든

제 4 장 도착 그리고 돈의 문제가 정확히 제시된다

권위가 이 산악 가이드들에 의해 행사되고 있었는데 그들은
하나의 계급을 이루고 있었고 가이드로서의 본업 외에도 해안가나
비탈길에 있는 마을을 순회하면서 행정적인 업무도 맡고 있었다.
이 남자는 이곳에 대한 기본적인 정보와 우리가 어떻게 해야
하는지에 대해서 말해주었다. 우리는 우연히 주민 대부분이
유럽인인, 심지어 대다수는 프랑스인인, 해안가 마을에 도착한
것이다. 여기에는 원주민은 없다. 모든 사람들은 어딘가 다른
곳에서 온 사람들로 우리처럼 세계 각지에서 왔으며 각 나라는
해안을 따라 작은 식민지를 가지고 있다는 것이다. 어떻게 우리는
정확히 서유럽인들이 사는 이 원숭이의 항구에 도착한 것일까?
우리는 나중에 이것이 전혀 우연이 아니며 우리를 이리로 데려온
바람이 우연히 그렇게 분 바람이 아니면 거기에는 어떤 의지가
있었다는 것을 알게 된다. 그런데 왜 네발 달린 짐승이라곤
전혀 보이지 않는 이 지역에다가 원숭이의 항구라는 이름을
붙였을까? 그때의 내 반응을 제대로 묘사하기는 어렵지만 그
이름이 내 마음에 환기시킨 것은, 조금 불쾌한 것이지만, 20세기의
서양인으로서의 유산이었다—호기심많고 흉내내기 잘하며
부끄러움을 모르고 호들갑을 떠는 어떤 것. 우리가 도착해야할
곳은 원숭이의 항구 외에는 생각할 수 없었던 것이다. 바로
거기에서 우리는 방목지대를 통과하는 이틀간의 여행을 거쳐

마운트 아날로그의 베이스에 도착해야만 하고 바로 거기에서 우리를 더 높은 곳으로 인도해 줄 가이드도 만나게 되는 것이다. 그래서 우리는 원숭이의 항구에서 며칠 머무르면서 가져갈 짐을 준비하고 포터들의 무리도 조직해야 하는데 왜냐하면 상당히 오랫동안 머물 것을 생각해 베이스에까지 많은 짐을 가지고 가야만 했기 때문이다. 우리는 아주 깨끗하고 가구가 거의 없는 작은 집에 있게 되었다. 그곳은 각자 자기 마음대로 크기를 조정할 수 있는 작은 방이 여러 개 있는 구조였고 가운데에 난로가 있는 커다란 거실이 있어 거기에서 식사를 하거나 저녁 회의를 진행했다.

    집의 뒤쪽으로는 눈이 쌓인 산 정상이 수목으로 뒤덮인 그 어깨 너머로 우리들을 내려다보고 있었다. 앞쪽으로는 항구가 펼쳐져 있어 우리들의 배가 상상할 수 있는 가장 이상한 선단의 신참자로 거기에 정박하고 있다. 부두의 안쪽으로는 모든 시대, 모든 나라의 배들이 쭉 도열해 있는데 그중에서도 오래된 것들은 소금과 이끼와 조개로 뒤덮여 거의 형체를 알아볼 수 없을 정도였다. 거기에는 페니키아의 소형선, 그리스의 삼각노선, 갤리선, 대항해 시대의 카라벨선, 스쿠너선등이 있었고 풍차가 달린 증기선과 지난 세기의 절충초계정도 있었지만 최근의 배들은 거의 없었다. 특히 오래된 배들은 그 양식이나 나라 이름을 알 방법이 거의 없었다. 그리고 이들 버려진 배들은 예전에는 그럴듯한 목표에

제 4장 도착 그리고 돈의 문제가 정확히 제시된다

봉사하기위해 사용되었을 망정 이제는 대개 자력으로 움직일 수 없게 된 모든 사물이 최종적으로 가는 길, 즉 석화石化와 바다의 동식물의 먹이가 되는 것 그리고 본체의 풍화를 조용히 기다리고 있었다.

처음의 이틀간은 짐과 장비들을 요트에서 이 집으로 옮겼고 이 모든 것들의 상태도 확인했으며 베이스에 있는 오두막까지 가져갈 짐도 준비했다. 선장과 세 명의 선원의 도움으로 우리 여덟 명은 이 일을 생각보다 빨리 끝낼 수 있었다. 여행의 첫 단계는 꼬박 하루가 걸리는 것인데 아주 좋은 길이 있어 그 길을 이곳의 당나귀를 이용해 갈 수가 있다. 그리고 거기서부터는 모든 것을 사람이 운반해야만 한다. 그래서 우리는 당나귀를 빌리고 짐꾼도 고용해야 했다. 우리를 아주 괴롭혔던 돈 문제는 우리가 이곳에 도착한 다음 잠정적이나마 해결이 되었다. 우리를 맞이했던 그 가이드는 여기서 물건과 서비스를 교환할 때 쓰는 금속의 메달을 한 꾸러미 선금으로 주었다. 우리가 예상했던 대로 우리의 돈은 여기서는 전혀 가치가 없었다. 새로 도착하는 사람이나 그룹은 초기 비용을 충당하기 위해 이것을 선금으로 받는다. 그리고 마운트 아날로그의 대륙에 머무는 동안에 그것을 갚으면 되는 것으로 되어 있다. 하지만 그 메달을 어떻게 갚을 것인가? 거기에는 몇 가지 방법이 있는데 이 교환과 보상에 대한 질문이 해안가를 따라 형성된 거주지에서 모든 인간적 실존과 사회생활의 기본을 형성하고 있으므로 나는 몇 가지 세부 사항을 덧붙이겠다.

산등성이의 아래쪽에서 위로 올라갈수록 아주 단단한 원형의 돌을 볼 수가 있는데 이것은 아주 다양한 사이즈를 갖고 있다. 이것은 진짜 크리스탈인데다가, 지구상의 어디에서도 발견되지 않았던 것으로, 휘어진 크리스탈인 것이다. 원숭이의 항구 사람들이 쓰는 불어로는 이것을 '페라당'peradam이라 부른다. 이반 랍스는 아직도 이 말의 구성과 원래 뜻에 대해 아직도 애매한 것이 있다고 했다. 그에 따르면 이것은 '다이아몬드보다 단단한'이라는 뜻일 수도 있고 혹은 '다이아몬드의 아버지'라는 뜻일 수도 있다는 것이다. 그리고 어떤 사람들은 다이아몬드가 실제로는 일종의 원적법에 의해, 아니 더 정확하게는 일종의 구적법에 의해, 즉 구와 같은 면적의 다면체를 만드는 방법에 의해 페라당이 퇴화한 결과 생기는 것이라고 보아야 한다고 했다. 혹은 이 말은 '아담의 돌'을 의미하는 것으로 인간의 본성을 결정하는 데 있어 비밀스럽고 심오한 역할을 한다는 것이다. 이 돌은 완전히 투명하며 그 굴절율은, 그 높은 밀도에도 불구하고, 거의 공기의 그것에 가까워 숙련되지 않은 사람은 거의 알아채지 못할 정도이다. 하지만 진실한 마음과 진정한 필요에서 이것을 찾는 사람에게는 이것은 마치 이슬같은 그것의 반짝이는 빛과 함께 자신을 드러낸다는 것이다. 페라당은 마운트 아날로그의 가이드에 의해 그 가치가 인정되는 유일한 실체이자 유일한 물질이라고 할 수 있다. 그리하여 그것은 우리 사이에 금이 그런 것처럼 모든 화폐의 척도이자 기반이 되는 것이다.

    빚을 갚는 합법적이고 완전한 방법은 페라당으로 변제하는 것이다. 하지만 페라당은 정말로 희귀하고 그것을 찾는 것은 어려울 뿐 아니라 위험하기까지 하다. 때로는 절벽의 틈새에서 그걸 추출해야 하며 아니면 빙하의 크레바스 끝에, 그것이 파묻혀 있는 얼음의 경사길까지 가야하기 때문이다. 그래서 몇 년간에 이르는 수고 끝에 사람들은 낙담하고 해안에 돌아와 빚을 갚을 좀 더 쉬운 방법을 찾게 되는 것이다. 그것은 사실 메달로 되갚을 수도 있는데 이 메달은 모든 통상적인 수단으로 벌 수 있는 것이다. 어떤 사람은 농부가 되기도 하고 어떤 이는 노동자가 되는가 하면 또 어떤 사람은 항구에서 일하기도 한다는 식으로 말이다. 우리는 그들에 대해 나쁘게 말할 생각은 없다. 우리가 식량을 사고, 당나귀를 빌리며 짐꾼을 고용하게 되는 것도 그들 덕이기 때문이다.

    "만약에 빚을 못 갚게 되면 어떻게 되나요?" 비버가 물어보았다.

    대답은 이랬다. "우리가 병아리를 기르면 그 병아리에게 먹이를 줍니다. 나중에 그것은 닭이 되어 달걀을 낳아서 그걸 갚는 거지요.

시간이 지나도 그 닭이 달걀을 낳지 못한다면 그걸 어떻게 해야 할까요?"

우리 각자는 말없이 침을 삼켰다.

도착한 후 3일이 지난 오늘, 나는 이 노트를 계속 하고 있고 쥬디스 팬케이크는 문가에서 스케치를 하고 있으며 소골은 몇 개의 어려운 광학적인 문제를 풀려고 애쓰고 있었다. 나머지 다섯 명은 각자 어딘가로 갔다. 내 처는 물건을 사러 갔는데 동행한 한스와 칼이 도중에 형이상학과 고등수학에 관한 어려운 문제에 대해 쉽게 따라갈 수 없는 논쟁을 벌이는 일이 생겼다. 문제는 특히 시간의 왜곡과 수의 왜곡에 대한 것으로 현실에 존재하는 모든 단독의 대상의 열거에는 절대적인 한계가 있는가 아닌가, 그리고 그 한계의 끝에서는 돌연 단일성이 도출되는가(한스의 생각이다.) 아니면 전체성이 도출되는가(칼의 생각이다.) 하는 문제였다. 두 사람 다 엄청 열을 내는 바람에 등에 짊어진 몇 킬로나 되는 식량의 문제를 잊어먹을 정도였다. 그 식량에는 이곳에 정착한 사람들이 여러 대륙에서 가져와 이식시키고 순화시킨 성과로서 우리들이 잘 알고 있는 것이 있는가 하면 전혀 모르는 것도 있었다. 야채, 과일, 유제품, 생선, 기타 음식 등 오랜 바다의 여행에 지친 사람들에게 더 없이 신선한 음식들이었다. 메달을 담은 주머니는 상당히 두툼한

제 4장 도착 그리고 돈의 문제가 정확히 제시된다

편이어서 우리는 비용의 문제에 대해 별로 걱정하지 않았다. 그리고 랍스가 말한 대로 필요한 것은 역시 필요한 법이다.

 랍스는 마을을 이곳 저곳 돌아다니면서 이곳의 말과 사회생활을 연구할 목적으로 여기의 모든 사람들과 이야기를 나누었다. 그는 우리에게 아주 그럴듯한 설명을 해주었는데 점심 이후에 우리 사이에 일어난 일 때문에 그가 말한 것을 반복하고 싶은 기분이 전혀 들지가 않게 되었다. 하지만 그럼에도 난 말해야만 한다. 내가 이걸 쓰고 있는 것은 개인적인 즐거움을 위한 것이 아니며 세부 사항 중에 어떤 것은 이 국면에 대해 독자들에게 도움을 줄 수도 있을 것이기 때문이다.

 원숭이의 항구의 경제 생활은 활발하긴 했지만 상당히 단순한 것이었다. 거의 기계가 보급되기 이전의 유럽의 작은 마을이 이렇지 않았을까 할 정도여서 이곳에서는 어떠한 열동력도, 전기 엔진도 인정되지 않고 있었다. 전기의 사용이 완전히 금지되고 있는 것은 이곳이 고산지대라는 것을 감안하면 상당히 우리를 놀라게 하는 것이었다. 폭발물의 사용도 금지되어 있었다. 이 이주민 마을은—주민의 대다수가 프랑스인이라는 건 이미 말한 바 있다—교회, 의회, 경찰을 가지고 있지만 모든 권위는 저 높은 산, 즉 고산의 가이드에게 유래하는 것으로 그 대표자들이 마을의 행정과 경찰을 지휘한다. 이 권위는 페라당의 소유에 바탕을 두고 있기 때문에 전혀 도전할 여지는 없었다. 여기 바닷가 연안에 살고 있는 사람들은 메달 밖에 가지고 있지 않으므로 단체생활에 필수적인 교환은 가능하지만 현실적으로는 어떠한 권력도 주어지지 않는다. 다시 한번 말하지만 등산의 어려움에 기가 꺾여 해안이나 산등성이에 주거를 정하고 검소한 생활을 꾸려나가는 이 사람들을 나쁘게 말할 이유는 하나도 없다. 그들 덕에, 그리고 그들이 이 땅에 오려고 노력한 덕분에 그 자식들은 적어도 그러한 고생, 즉 그들과 똑같은 여행은 하지 않아도 되게 된 것이다. 아이들은 마운트 아날로그의 연안에서 태어나 우리가 살던 대륙에 꽃핀 그 타락한 문화의 영향에 노출되지 않았다. 산의 인간들과 접촉하며 그리고 나중에 마음 속에 욕망이 분출하고 지성이 눈뜨는 때가 오면 그들의 부모가 포기한 지점에서 다시 대여행을 시작하려고 준비를 하고 있는 것이다.

그러나 마을의 인구의 상당 부분은 뭔가 그 뿌리가 다르다는 인상을 주었다. 그들은 아주 오래전에 이 산을 찾는 사람들을 이곳에 데리고 온 배들의 승무원, 노예 혹은 선원들의 후손들이다. 이것이 바로 이 사람들 사이에 뭔가 특이한 점이 발견되는지를 잘 설명해주는데 이들에게서는 아시아 혹은 아프리카적인 요소가 있으며 심지어는 지금은 절멸한 인종의 특징까지 발견되기도 한다. 이 초기의 탐험대는 당연히 여자가 아주 드물었을 것이므로 자연의 상호 보충의 법칙은 자연스럽게 여성의 과잉 출생에 의해 남녀 간의 비율에 균형을 되찾으려 했을 것이다. 물론 내가 말하는 이 모든 것에는 상당히 많은 가정이 섞여 있는 것은 사실이다.

원숭이의 항구 사람들이 랍스에게 해준 말에 따르면 연안의 다른 이주민 마을의 생활도 각각의 민족과 인종이 특유의 풍속, 습관, 언어를 가져오는 것 외에는 여기와 크게 다르지 않다는 것이다. 애초에 그 언어는 태고의 시대 최초로 온 사람들 이래로 특별한 언어를 가지고 있는 가이드들의 영향 아래 있었고 시대마다의 새로운 이주자들의 새로운 기여에도 불구하고 어떤 특수한 방식으로 발달해 온 것으로 가령 원숭이의 항구의 프랑스어만 해도 아주 옛날 식의 표현이나 차용어, 이미 말한 페라당처럼 새로운 대상을 지시하는 새로운 단어에 의해 많은 특이성을 보여주고 있는 것이다. 이 특이성은 나중에 우리들이 가이드들의 언어와 만남에 따라 점차 해명되게 된다.

아서 비버는 이 지역의 식물상, 동물상을 연구하기위해 가까운 들판을 오랫동안 돌아다니다가 빨갛게 그을린 얼굴로 돌아왔다. 원숭이의 항구의 온화한 기후는 우리가 살던 곳과 같은 동식물의 생존에 적합하다고 판단되지만 그 밖의 미지의 동식물도 볼 수가 있다는 것이다. 그중에서도 특히 기묘한 것을 든다면 가령 '폭탄 대용 덩굴나무'는 아주 강한 발효 및 성장력을 가지고 있어 정지공사를 할 때 바위를 깨뜨리는데—느리게 발동하는 다이나마트로서—사용된다는 것이다. '불타는 버섯'은 커다란 송이버섯의 일종으로 포자가 성숙하면 파열되어 멀리 산란하게 되는데 몇 시간이 지나면 강력한 발효작용 때문에 갑자기 불이 붙기도 한다는 것이다. '말하는 숲'은 아주 희소한 것이지만 함수초의 일종으로 그 과실이 여러 방식의 공명상자가 되기 때문에 잎의 마찰에 의해 모든 인간의 소리를 만들어 낼 수 있고 가까이서 말해진 말을 앵무새처럼 반복한다고 한다. '후프 벌레'는 거의 2미터 정도 되는 절족동물로 바퀴 모양이 되어서는 스스로 무너진 바위의 비탈면에 올라가 전속력을 내서 떨어진다는 것이다. '외눈박이 도마뱀'은 카멜레온과 비슷한 것으로 이마에서 눈이 하나 튀어나와 있고 나머지 두 개의 눈은 완전히 퇴화해버려 나이 많은 학자 같은 풍모를 하고 있어 주위로부터 존경을 받는다는 것이다. 마지막으로는 '풍선벌레'라는 것이 있는데 이것은 날씨가 좋을 때 몇 시간에 걸쳐 내장에서 만들어진 가벼운 가스에 의해 커다란 기구처럼 되어 공중에 떠다니는 것이 가능한 일종의 누에이다. 이것은 결코 성충의 상태에는 이르지 못하고 유충의 단성생식에 의해 번식한다.

    이러한 진기한 종류들은 아주 예전에 지구상의 여러 장소에서 온 이주자들이 이식한 것일까 아니면 원래 마운트 아날로그의 대륙에 애초에 있던 동식물이었던 것일까? 비버는 아직 이 문제에 대해 해답을 찾지 못하고 있다. 원숭이의 항구에서 목수를 하고 있는 나이많은 브르타뉴 사람은 그에게 이것과 관련이 있는 오래된 신화—아무래도 외국의 전설과 가이드들에게 전해진 교훈이 뒤섞인 것 같다—를 말해주고 노래도 들려주었다고 한다. 나중에 우리들이 이러한 신화의 가치에 대해 물어보았을 때 가이드들은 대체적으로 뭔가 회피하는 듯한 답변을 했다. 어떤 이는 말하기를 "이건 진짜로 있던 일이에요. 당신네들의 전설이나 과학적 이론이 진짜인 것처럼 말이죠"라고 했다. 또 다른 사람은 이렇게 말했다. "칼은 그 자체로는 진실도, 가짜도 아니죠. 하지만 그것을 날이 있는 쪽에서 잡는 사람은 큰 잘못을 범한 것이 됩니다."

그 신화 중의 하나는 다음과 같았다.

> 태초에 구(球)와 사면체는 단일한, 상상이 불가능한 형식 속에서 결합되어 있었다. 집중과 확산이 단일한 의지 속에서 신비스럽게 결합되어 있었는데 그 의지는 그 자신의 존재만을 원할 뿐이다.
> 그 이후에 분리가 이루어졌지만 '유일한 것'은 '유일한 것'으로 남았다.
> 구는 원초적인 인간이 되었는데 이 원초적인 인간은

자신의 모든 욕망과 가능성을 실현시키고 싶어 해서
오늘날의 모든 동물과 모든 인간 속으로 자신을
분산시켰다.
사면체는 원초적인 식물이 되었는데 이것 또한 모든
식물들을 만들어냈다.
외부의 공간으로부터 닫혀져 있는 동물은 양분을
받아들이고 에너지를 보존하며 생명을 유지하기 위해
자신의 내부에 구멍을 뚫고 폐, 내장 및 기타 기관을
갖추게 된다. 공간을 향해 열려져 있는 식물은 뿌리와
잎을 통해 양분을 받아들이기 위해 밖으로 가지를 치게
된다.
그들의 후손 중에는 어느 쪽으로 할지 주저하는 것들이나
둘 다에 포함되길 바라는 것도 있었는데 이들이 오늘날
바다에 살고 있는 동물과 식물의 합체 같은 것들이다.
인간은 호흡과 '이해의 빛'을 받았다. 그만이 이 빛을
받은 것이다. 그는 이 빛을 보고 그것이 다양하게 변하는
모습을 보는데 즐거움을 얻었다. 그는 '유일'의 힘에 의해
쫓겨났다. 오직 그만이 쫓겨난 것이다.
그는 '외부의' 땅에 가서 살면서 그 자신의 빛을 보려는
욕망에서 서로 분열하면서 숫자를 늘려나가게 된다.

때로는 인간은 자신을 낮추어 보게 되고, 보이는 것을
보는 권력에 돌려주며 그 자신의 근원에 돌아가길 원한다.
그는 구하고 발견하고 그리고 자신의 근원에 돌아간다.

    이 대륙의 기묘한 지리학적 구조는 기후의 현저한 다양성을 가져다 주었고 그래서 원숭이의 항구에서 3일만 걸으면 한쪽에서는 열대성의 정글을 만나게 되고 다른 쪽에서는 얼음으로 가득 찬 지역을 만나게 된다. 또 다른 지역으로 가면 스텝이나 사막지대를 만나게 되기도 한다. 각 이주민 지역은 이주자들이 원래 살던 곳과 기후가 비슷한 곳에 자리를 잡고 있다.
    비버에게는 이 모든 것에 대해 더 많이 탐색할 것이 있었다. 칼은 비버가 최근 말해준 그 신화들이 아시아에서 기원한 것이라 보고 그것을 연구하겠다고 했다. 한스와 소골은 가까운 언덕 위에 작은 관측소를 세우고 싶어했다. 마운트 아날로그를 둘러싸고 있는 왜곡된 공간의 껍데기로 인해 우주의 조망에 대해 생기는 문제에 대해 정확한 지식을 얻기 위해 주요한 천체에 대해 이곳에 특유한 광학적 조건 아래 시차視差, 각거리角距離, 자오선 통과, 분광 등등 고전적인 측량을 해보고 싶다고 했다. 이반 랍스는 자신의 언어학적 및 사회학적인 연구를 계속할 계획이었다. 내 아내는 이곳의 종교적인 생활에 대해 연구하길 원했는데 특히 마운트 아날로그의 영향으로 여러 종교적인 분파들에 어떤 변화가 생겼는지(그리고 무엇보다도 어떤 순화나 풍요화가 이루어졌는지) 연구하고 싶어 했다―도그마, 윤리, 의식, 전례 음악, 건축 그리고 다른 종교적 예술에 생긴 변화들 말이다. 미스 팬케이크가 그녀와 함께 일할 것인데 특히 조형예술에 대해선 그녀도 관심이 많았으며 원래 맡기로 했던 도큐멘터리적인 스케치를 그리는 일도 여전히 계속할 예정이었다. 이 스케치는 사진을 찍기 위한 모든 시도가 실패한 이후로는 특히 그 중요성이 더 커졌다. 내가 할 일은 상징화의 과정과 이론을 위해 내 동료들이 모은 자료들을 다 모으는 일을 해야 하는 것인데 그렇다고 해서 내가 원래 할 일이었던 탐험대의 일지를 작성하는 일을 게을리해서는 안되는 것이었다. 이 일지는 나중에 많이 간략화되어 독자들이 지금 읽고 있는 이 글이 되게 된다.

    이러한 여러 가지 활동을 계속하면서 우리는 가급적 우리의 식량 비축량을 늘릴 필요가 있다는 생각에서 이것을 이윤으로 변화시킬 수가 없을까 고민했다―필요하다면 사업화할 생각도 있었다. 한마디로 말하면 우리는 어떻게 해서든지 시간을 낭비해서는 안된다고 생각하고 있었다.

    "그런데 언제 출발할 건가요?" 어느 날 누군가가 길거리에서 이렇게 외쳤다. 우리는 점심을 먹고 우리 각자의 활동에 대해 아주 열띠게 얘기를 나누고 있는 와중이었다.

그것은 우리를 처음 심문했던 원숭이의 항구에 배정된 가이드였다. 우리의 대답은 기다리지도 않고 그는 상체를 움직이지 않는 전형적인 등산가의 걸음걸이를 하면서 가던 길을 계속 내려갔다.

그것이 우리를 꿈에서 깨어나게 했다. 첫 번째 단계의 일을 시작하기도 전에 우리는 재난으로 밀려내려 가고 있었던 것이다—그렇다, 포기의 길로 말이다. 한가한 호기심을 충족시키려 우리의 시간을 쓰는 것은 사실상 우리의 목적을 버리는 것이며 우리의 말을 스스로 배신하는 것이다. 탐험을 위한 우리의 열정은 시간 때우기를 위해 우리가 만든 그럴듯한 구실로 인해 갑자기 사소한 것처럼 되어 버렸던 것이다. 우리는 서로를 쳐다볼 용기도 내지 못할 정도였다. 소골이 씁쓸한 목소리로 말했다.

"망할 놈의 부엉이는 못으로 문에다 박아놓고 우리는 뒤도 돌아보지도 말고 떠납시다."

우리 모두가 지적 호기심이라는 사악한 부엉이를 가지고 있었고 이것을 몇 개의 다른 새들, 그러니까 말 많은 까치, 과시하기 좋아하는 칠면조, 조용히 읊조리는 비둘기 같은 것들과 함께 문에 매달아 놓아야만 했던 것이다! 하지만 이것들은 우리 몸 안에 너무도 깊숙이 들어와 있어서 이것들을 밖으로 내놓으려면 우리 내부까지 파헤치지 않으면 안된다. 이것들을 잘 길들이면서 살아왔기 때문에 상처가 다 아물면 딱지가 떨어지듯이 자연스럽게 떨어지기를 기다려야만 한다. 너무 일찍 서둘러서 딱지를 떼려고 하면 오히려 해가 될 수가 있다.

우리 배의 선원 네 사람은 소나무 아래에서 카드 게임을 하고 있었다. 그들에게는 높은 산에 올라가야 한다는 생각이 없으므로 그들이 시간을 보내는 것은 우리들에 비해서 충분히 적절한 것으로 보였다. 그러나 짐에 대해서는 우리를 도와주기로 되어 있어서 우리는 출발을 위한 준비를 도와달라고 그들을 불렀다. 우리는 무슨 일이 있어도 다음 날 떠나기로 결심을 했다.

하지만 행동에 옮기는 것이 쉬운 일은 아니었다. 다음 날 아침 밤새 짐을 다 챙겨 모든 것이 다 준비되었다고 생각했고 짐꾼들과 당나귀도 대기하고 있었는데 갑자기 비가 억수 같이 쏟아지기 시작한 것이다. 비는 하루 종일 왔고 그 다음 날에도 여전히 왔으며 결국에는 5일 연속 비가 왔다. 우리는 가려고 하는 길이 온통 물바다가 되어 있을 것이라는 말을 들었다.

이러한 지연을 우리는 유용하게 사용해야 한다. 첫 번째로 우리는 장비와 도구를 체크했다. 관측과 측량을 위한 모든 도구들이, 전에는 그렇게 중요하다고 생각되었던 것들인데, 갑자기 우스꽝스러운 것으로 여겨졌다—특히 사진을 찍으려는 우리의 시도가 실패한 다음에는 더욱 그랬다. 다른 도구들도 별로 쓸모가 없는 것으로 판명되었다. 전기 램프도 쓸 일이 없으므로 랜턴으로 대체되어야 했다. 그래서 우리는 쓸모없는 많은 도구들을 빼버리고 그만큼 식량을 더 가져가기로 했다.

우리는 근처 마을에서 더 많은 식량, 랜턴, 옷들을 확보하기로 했다. 이곳에서 만들어진 옷은 디자인은 단순했지만 이곳 거주민들의 오랜 경험 탓에 우리의 옷보다 훨씬 우월한 것이었다. 전문적인 상품을 파는 가게에서 우리는 상당량의 건조식품과 보존 식품을 찾을 수 있었는데 이건 우리에게 아주 중요한 물건이었다. 우리는 하나씩 하나씩 쓸모없을 것이라 생각되는 것들을 제외했는데 결국 나중에는 비버가 만든 '휴대용 채소밭'도 가져가지 않기로 했다. 하루를 불만스러운 미결정 상태에서 보냈던 그는 결국 크게 웃으면서 그것은 결국 '우리에게 귀찮음과 소화불량만을 안겨줄 어리석은 장난감'이라고 선언했다. 그는 호흡장치와 발열의상에 대해서는 더 많이 고민하는 것 같았다. 결국 우리는 이 모든 것을 다 가져가지 않기로 결정했고 혹시 필요할 일이 생기면 나중에 가져가자고 했다. 가져가지 않기로 한 이 모든 것들을 배의 선원들이 가지고 다시 배에 갖다놓기로 했는데 이 선원들은 우리가 산에 오르는 동안에 배에 머물기로 했다. 새로 도착하는 사람들이 있을 수 있으므로 우리가 있던 집은 비워두어야 했던 것이다.

    호흡장치에 대해서는 우리들 사이에 격렬한 논의가 이루어졌다. 해발 고도가 높은 곳에 가는 데 있어 산소통에 의지할 것인가 아니면 우리 자신의 적응력에 기댈 것인가? 최근의 히말라야 탐험에서는 이러한 점진적 적응을 주장하는 사람들의 의견이 맞다는 것이 증명되었지만 그렇다고 해서 문제가 해결된 것이라 볼 수는 없다. 게다가 우리가 가지고 있는 호흡장치는 그 탐험에 사용된 것들보다 훨씬 개선된 것들이다. 그것들보다 가벼울 뿐 아니라 등산하는 사람에게 순수한 산소를 공급하는 것이 아니라 산소와 이산화탄소가 잘 배합된 것을 공급하는 것이기 때문에 훨씬 효율적이다. 호흡중추에 작용하는 이산화탄소의 존재는 필요한 산소량을 대폭 줄이는 효과가 생긴다. 하지만 우리가 생각하면 생각할수록, 그리고 우리가 오를 산에 대해 정보를 얻으면 얻을수록 우리의 탐험이 엄청난 시간이 걸릴 것이라는 것이 명백해졌다. 몇 년이 걸릴지 알 수 없을 정도이다. 우리의 산소량은 결국 충분하지 않은 것이 될 것이고 산 위에서 이걸 새로 보충할 방법도 없다. 결국에는 우리는 이 호흡장치를 포기하지 않을 수 없을 것이고 만약 포기한다면 아예 지금 포기해 점진적인 적응에 걸리는 시간을 단축시키는 게 더 낫다는 것이다.

제 4장 도착 그리고 돈의 문제가 정확히 제시된다

그리고 우리는 고도가 높은 곳에서의 확실한 생존은 점진적으로 그 조건에 익숙해지는 것이라는 걸 확신하고 있었고 인간의 기관은 우리가 생각했던 것보다 훨씬 잘 환경에 적응한다는 걸 알게 되었다.

짐꾼의 우두머리의 충고로 우리는 경사가 급한 곳이나 좁은 길에서는 별 도움이 안되는 스키를 버리고 대신 눈 장화를 신기로 했다. 이것은 눈이 쌓인 곳을 걷는데 좋을 뿐 아니라 빨리 하강해야 할 때 미끄럼을 탈 수도 있는 것이었다. 휴대도 간편해 접기만 하면 바로 배낭에 집어 넣을 수 있는 것이었다. 당분간은 원래대로 징을 박은 신발을 신기로 했지만 높은 곳에 올라가게 되면 갈아 신을 목적으로 이곳의 이른바 '나무 가죽'으로 만든 모카신 슈즈도 가져가기로 했다. 코르크와 고무와 비슷한 나무 가죽을 가공한 것으로 이것은 열을 잘 차단할 뿐 아니라 사이에 실리카를 집어 넣으면 바위뿐만 아니라 얼음 위에서도 잘 미끄러지지 않는다. 이 신발을 신으면 아이젠이 필요가 없어지는데 아이젠은 가죽띠로 동여매야 하므로 혈액순환에도 좋지 않고 동상에 걸릴 위험도 있다. 반면 우리가 그대로 가져가기로 한 것들도 있는데 가령 낫과 마찬가지로 거의 개선의 여지가 없다고 생각되는 피켈이 있다. 그리고 하켄과 자일도 가져가기로 했고 콤파스, 고도계, 온도계 등 두 세 가지의 포켓용 기구도 가져가기로 했다.

결국에는 우리는 비에게 감사를 해야 할 판이었다. 그 덕에 우리의 목적에 더 부합하는 방향으로 준비를 할 수가 있었기 때문이다. 매일 우리는 비를 뚫고 돌아다니면서 정보와 보급품을 모았는데 이 덕에 오랜 여행으로 잠시 잊어먹고 있었던 움직이는 습관을 다시 찾을 수가 있었다.

이 비오는 기간에 우리는 서로를 이름으로 부르기 시작했다. 전에도 이미 '한스'와 '칼'을 불렀으니까 그 소지는 이미 있었다고 할 수 있지만 이렇게 된 것이 단순히 친근감의 결과라고만 할 수는 없다. 이제 우리가 서로를 쥬디스, 르네(내 아내의 이름), 피에르, 아서, 이반, 테오도르(내 이름)라고 부르는 것은 우리들 각자에게 있어 다른 의미가 포함되어 있는 것이다. 이제 우리의 오래된 인격들을 버리기 시작한 것이다. 무거운 장비를 해안가에 남겨 놓고 가기로 결정하면서 동시에 우리는 예술가, 발명가, 의사, 학자, 작가로서의 자신도 버릴 준비를 시작한 것이다. 예전에 쓰던 마스크를 벗어버리면서 그 밑에 있던 새로운 남자 혹은 여자가 그 모습을 드러내기 시작했다. 우리 안에 있던 남자와 여자 그리고 모든 다른 동물도 나오게 된 것이다.

다시 한번 피에르 소골이 이번에도 그 전범이 되어 주었다―자신이 전혀 의식도 못한 상황에서 그의 안에 있는

제 4장 도착 그리고 돈의 문제가 정확히 제시된다

시인이 튀어나온 것이다. 어느 날 저녁 우리가 해안가에서 짐꾼의 우두머리와 당나귀 몰이하는 사람과 상담을 끝마쳤을 때 그는 말했다.

"내가 여러분들을 여기까지 데리고 왔고 그동안 리더 역할을 해왔다. 이제 여기서 권위의 모자를 벗을 생각인데 그동안 이 모자는 나라는 사람에게는 가시관에 지나지 않았다. 내 속에서, 내 기억이 여전히 살아있는 한에서, 한 어린아이가 이제 눈을 뜨면서 노인의 가면을 울게 만든다. 부모를 찾는 아이, 여러분과 함께 보호와 도움을 구하는 아이—그의 쾌락과 꿈에서 보호받길 원하며 어느 누구도 흉내내지 않으면서 그 자신이 되는 데 있어 도움을 받기를 원하는 아이가 되는 것 말이다."

그는 이렇게 말하면서 자신의 지팡이로 발 아래의 모래를 살짝 팠다. 갑자기 그의 눈이 깜짝 놀라더니 고개를 숙이고서 뭔가를 들어올렸다—작은 이슬처럼 반짝이는 것을 들어올렸다. 그것은 아주 작은 페라당으로 우리가 처음 보는 것이었다.

짐꾼과 당나귀 몰이는 놀란 눈을 하면서 얼굴이 창백해졌다. 두 사람 다 노인으로 예전에 등산을 시도했다가 결국에는 돈의 문제로 좌절한 경험이 있는 사람들이다.

짐꾼은 말했다. "한번도, 한번도 이렇게 아래쪽에서 이걸 발견한 적은 없어요. 해안가에서 발견되다니! 그냥 운인지도 모르죠. 하지만 이것을 새로운 희망의 신호로 볼 수 있지 않을까요? 다시 출발하라는 신호가 아닐까요?"

이미 죽었다고 생각한 희망이 다시 그의 가슴에서 타오르기 시작했다. 이 사람은 언젠가는 다시 시도를 할 것이다. 당나귀 몰이의 눈도 빛나기 시작했다―하지만 그것은 질투에서 나온 것이다.

"운이야, 그냥 운일 뿐이야. 이런 일이 다시 생길 리가 없어."

쥬디스 팬케이크가 말했다. "목에 두를 작은 주머니를 만들기로 하죠. 올라가다가 페라당을 발견하면 그걸 담아두는 용도로 쓸 수 있을 거에요."

그것은 아주 중요한 사전 준비사항이었다. 비는 그전 날로 그쳤고 태양이 모든 것을 건조시키고 있었다. 우리는 다음 날 새벽에 떠나기로 준비를 해놓았다. 마지막 준비 사항으로 우리는 잠들기 전에 나중에 발견할 페라당을 생각해 작은 주머니를 만들었다.

제 4장 도착 그리고 돈의 문제가 정확히 제시된다

제 5장
첫 번째 캠프의 설치

베이스의 오두막 - 두 번째 캠프에서의 예상 외의 환영 - 경로는 계속 바뀐다 - 우리 앞의 등산대 - 사냥(그 이상에서는 금지되어 있음. 생물학적인 균형) - 짐꾼 우두머리의 이야기 - 다른 탐험대, 마치 우리의 그림자 같은 존재

커다란 전나무 밑에서 밤은 아직도 우리 주변에 있었지만 나무의 위쪽은 이미 밝아지기 시작한 하늘에 자신만의 글을 아로새기고 있었다. 나무 가지 아래로는 붉은 색조가 나타나기 시작했고 우리들 중 일부는 하늘이 서서히 우리 할머니의 눈에서 보던 그 파란 빛을 보여주는 걸 보았다. 조금씩 칠흑같은 어둠 속에서 녹색이 모습을 드러내기 시작했고 너도밤나무의 수지의 냄새가 주변에 떠돌았으며 버섯 냄새와 대조를 이루고 있었다. 장난감이 덜커덕거리는 것 같은 소리, 샘물과 같은 소리, 은화와 같은 소리, 플루트 같은 소리로 새들이 아침인사를 나누고 있었다. 우리들은 말없이 앞으로 전진했다. 대열은 상당히 길어서 10마리의 당나귀, 그들을 끌고 있는 세 명의 인부, 15명의 짐꾼 등이 있었다. 우리 각자는 그날치 식량과 자신의 개인적인 물품을 가지고 있었다. 우리 중 몇 사람은 개인적인 짐으로 상당히 무거운 것을 가지고 있어서 자신의 가슴이나 마음에 담아두고 있는 사람도 있었다. 우리는 상당히 빨리 등산가의 걸음으로 돌아갔는데 피곤함을 느끼지 않으면서 오래 걸으려면 처음부터 이러한 걸음걸이로 걷는 것이 바람직하다. 걸으면서 나는 나를 여기까지 데려오게 된 일련의 사건들을 떠올려 보았다―«화석 평론»지에 게재한 기사와 그로 인한 소골과의 만남에서 현재의 일에 이르기까지. 다행히 당나귀들은 너무 빨리 가지 않도록

훈련을 받은 편이었고 그들은 내게 비고르에서 본 당나귀들을
떠오르게 했다. 쓸모없는 수축을 하지 않으면서 흐르는 듯한,
그들의 근육의 유연한 움직임을 보고 있으려니 내게 힘이 나는
걸 느꼈다. 나는 별로 설득력이 없는 변명을 늘어놓으면서 결국 이
탐험에서 빠졌던 네 명을 떠올렸다. 줄리 보나스도, 에밀 고르쥬도,
치코리아도, 그리고 알퐁스 카마르와 그가 보낸 등산의 노래도
얼마나 먼 존재로 느껴지는가! 이미 다른 세계의 이야기 같았다. 이
노래에 대해 생각하니 나도 모르게 웃음이 났다. 마치 등산가들이
산을 오르면서 노래를 부르기라도 한다는 듯이 말이다! 그렇다,
자갈 더미를 오르거나 잔디로 된 비탈면을 오른 후에 어쩌면
노래를 부를 수도 있다. 그렇더라도 그것은 각자가 자신을 위해,
그리고 이빨을 세게 물면서 부르는 것이 될 것이다. 가령 내 노래는
다음과 같은 것이다. "티약, 티약, 티약." 한 걸음 내딛을 때마다
한번씩 '티약'이라고 할 것이다. 하지만 대낮에 눈이 쌓인 곳을 지날
때에는 '티약, 치, 치, 티약'이 될 것이다. 다른 사람은 "스툼, 디, 디,
스툼"이라고 하거나 "지...푸..지....푸"라고 할 것이다. 이것이 내가
아는 유일한 등산가들의 노래이다.

 이미 눈에 덮인 정상은 보이지도 않고 석회질의 절벽에 의해
구분된 숲으로 덮인 사면, 그리고 오른 쪽 아래로 계곡 아래의
급류가 보일 뿐이었다. 커브 길을 돌자 그때까지 계속 우리를

따라왔던 바다의 수평선이 더 이상 보이지 않게 되었다. 나는 비스켓을 한 조각 먹었다. 당나귀가 그 꼬리로 파리떼를 몰아내자 그것들이 내 얼굴을 향해 몰려왔다. 동료들도 다 깊이 생각에 잠긴 모습이다. 결국 우리가 이 마운트 아날로그의 대륙에 쉽게 착륙할 수 있었던 것에는 무언가 신비스러운 것이 있다. 우리의 도착을 다 예견하고 다 준비를 한 것 같은 느낌이 있다. 이러한 것들은 시간이 지나면 설명이 될 것이다. 짐꾼의 우두머리인 베르나르도 다른 사람처럼 뭔가를 생각하고 있었지만 우리처럼 정신이 완전히 팔려 있는 것 같지는 않았다. 사실 우리들은 파란 다람쥐나 오렌지색의 느타리버섯이 군데군데 있는 에메랄드색의 공터 가운데에 기둥처럼 서 있는 빨간 눈의 족제비나 처음에는 우리가 영양이라고 생각하지만 실제로는 유니콘의 무리들 그리고 이 나무에서 저 나무로 빠르게 움직이는 날아다니는 도마뱀 등에 의해 순간 순간 주의가 분산되어 버렸던 것이다. 베르나르를 제외하면 나머지 짐꾼들은 다 배낭 위에 활과 화살을 매달아 놓고 있었다. 정오가 되기 직전의 첫 번째 휴식 시간에 서 너 명이 어딘가로 가더니 나중에 꿩과 기니피그를 가지고 왔다. 그 중의 한 사람이 내게 말했다. "사냥이 허용될 때 뭔가를 수확해야 해요. 오늘밤엔 이걸 먹을 겁니다. 더 위에 올라가면 사냥을 못하거든요."

숲을 지나자 햇빛이 세게 비추는 자갈밭이 나타났고 나중에는

제 5장 첫 번째 캠프의 설치

군중들의 웅성거림 같은 소리를 내는 급류에 마주쳤다. 우리는
얕은 쪽을 택해 그걸 건넜고 축축한 제방 위를 건너면서 나비떼를
일시에 몰아냈는데 그늘이라고는 전혀 없는 돌로 된 길에 도달했다.
다시 강의 오른쪽에 오자 낙엽송의 숲이 시작되었다. 나는 땀을
흘렸고 나만의 행진곡을 불렀다. 우리는 더욱 더 생각에 잠긴
것처럼 보였지만 실제로는 아까만큼 그렇지는 않았다. 길은 아주
높은 바위로 올라가게 되어 있었고 거길 올라 오른쪽으로 도니까
좁은 계곡이 나타났다. 다음에는 향나무와 석남화가 무성한 거친
길을 지그재그로 가야만 하는 코스였다. 한참을 가다보니 무수히
많은 작은 하천이 있고 암소들이 풀을 뜯고 있는 널찍한 고원의
방목지에 도착했다. 물기가 있는 잔디 위를 20분 정도 걷다보니
낙엽송이 그늘을 드리우고 있는, 자갈이 많은 고원에 도착했다.
거기에는 커다란 나뭇가지로 지붕을 만든, 돌로 된 투박한 건물이
몇 개 있었다. 이곳이 우리가 첫날 밤 잘 곳이었다. 여기에 완전히
자리 잡기 전에 아직 두 세 시간 정도는 햇빛의 여유가 있었다.
첫 번째 건물은 짐을 두는 곳이었고 두 번째 건물은 공동침실로
쓸 곳으로 판자와 깨끗한 지푸라기 그리고 돌로 만든 아궁이도
있었다. 놀라운 것은 세 번째 건물이었는데 거기에는 유제품이
다 완비되어 있었다. 우유가 든 항아리가 있었고 버터와 치즈도
있었는데 마치 우리가 올 것을 기다리고 있었던 것 같았다. 우선

짐꾼들에게 가지고 온 화살과 활 그리고 투석기를 공동침실의 구석에 내려놓으라고 지시한 베르나르는 우리들에게 다음과 같이 설명했다.

"오늘 아침까지 여기 사람이 있었을 것입니다. 소를 돌보기 위해서라도 여기 항상 사람이 있어야 하죠. 더 위에 올라가면 여기 규정을 설명을 해줄 것입니다. 어떤 캠핑 장소도 하루 이상 아무도 없이 내버려 두지는 않습니다. 전의 등산대가 아마 두 세 명을 여기에 남겨두어 우리가 도착하는 것을 기다리고 있었을 겁니다. 멀리서 우리가 오는 것을 보자 그들은 바로 출발했을 겁니다. 우리가 도착했다는 것을 알려주도록 하죠. 그리고 베이스로 가는 길의 입구도 알려드리도록 하죠."

우리는 그를 따라 암반 위를 걸어갔고 선반처럼 되어 있는 바위 위에서 골짜기의 앞쪽을 볼 수가 있었다. 그것은 불규칙적인 타원형의 공간으로 높은 암벽에 둘러싸인 협곡이 아래 펼쳐지고 있었으며 정상의 이쪽 저쪽에는 빙하의 끝이 아래로 살짝 쳐져 있었다. 베르나르는 불을 피운 다음 그 위에 젖은 잔디를 던졌고 다음엔 골짜기의 앞쪽을 쳐다보았다. 몇 분이 지나자 저 멀리서 응답의 신호가 오는 것이 보였다. 가늘고 하얀 연기가 피어오르는 게 보였는데 그것은 옆의 폭포수에서 나오는 물안개와 구분하기가 쉽지는 않았다.

제 5장 첫 번째 캠프의 설치

산 위에서 사람들은 다른 사람들이 있다는 것을 알려주는 신호에 대단히 민감해진다. 먼 곳에서 보이는 그 연기는 우리보다 앞서 같은 길을 올라간 타인들이 보내는 신호여서 더욱 더 감동적이었다. 앞으로 우리가 그들을 만나지 못하더라도 같은 길을 올라갔다는 점에서 그들과 우리는 하나의 운명으로 묶인 존재이기 때문이다. 베르나르는 그들에 대해 아무 것도 모른다고 했다.

  우리가 서 있는 곳에서 두 번째 날의 여정의 대략 절반 정도를 볼 수가 있었다. 날씨가 좋다는 것을 활용해 다음날 아침 출발하기로 결정했다. 어쩌면 우리는 운이 좋으면 그날 중으로 가이드를 만날 수 있을지도 모른다. 아니면 그가 짧은 여행 혹은 긴 여행에서 돌아오는 것을 기다리지 않으면 안된다. 우리 여덟 사람은 다음날 짐꾼들을 데리고 출발하기로 했지만 단 짐꾼 중 두 명은 소를 돌보기 위해 남기로 했다. 당나귀와 당나귀 몰이들은 다시 내려가 남은 우리 장비를 가지고 오기로 했다. 계산해 보았더니 8번을 왔다 갔다 하면 그들은 우리와 옷과 식량을 해안가에서 '습지의 목장'—첫번째로 묵었던 곳의 이름이다—까지 다 가져올 수 있다는 것을 알았다. 그 사이에 우리는 짐꾼들과 습지의 목장과 베이스 사이를 왕복하게 될 것이다. 10킬로에서 15킬로에 이르는 짐을 지고 대략 30회 정도를 왕복하게 될 것인데 날씨가 안 좋은 날까지 고려한다면 적어도 두 달은 걸린다. 우리들은 이렇게 해서

2년 이상을 생활할 수 있을 정도의 물자를 베이스에 축적할 수 있게 되는 것이다. 그렇다고 해도 두 달이나 소들이 있는 낮은 곳에 머물러야 한다니! 우리들 중의 젊은 사람들은 이러한 예상에 조급함을 금하지 못하는 것 같았다.

선반처럼 되어 있는 바위 위에서 제대로 말을 나누기는 힘들었다. 몇 백 미터 떨어진 폭포수에서 떨어지는 물소리가 워낙 크기 때문이다. 이쪽에서 저쪽으로는 서너 개의 로프를 연결해서, 그렇게 부를 수 있을지는 모르겠지만, 일종의 현수교를 만들어 놓고 있었고 그 아래에 협곡이 펼쳐져 있는 것이다. 내일 아침에 우리는 여기를 지나야 한다. 폭포수의 이쪽에는 커다란 돌로 만든 탑 같은 것이 있었고 맨 위에는 십자가가 있었다―마치 돌무덤 같았다. 베르나르는 그것을 아주 씁쓸한 표정으로 쳐다보더니 잠시 후 다시 정신이 돌아온 듯이 짐꾼들이 식사를 준비하고 있는 숙소로 돌아가자고 했다. 우리는 짐꾼들이 재주껏 마련한 식사 덕에 우리가 가져간 식량에 손대지 않고 요기를 했다. 그들이 길에서 가져왔다는 버섯과 엉겅퀴 같은 것들은 생으로 먹든, 익혀서 먹든 다 맛이 좋았다. 사냥해서 잡은 것들도 다 먹을 만 했는데 다만 베르나르는 이걸 전혀 먹으려 하지 않았다. 우리는 그가 여기에 도착한 이후에 부하들이 가져온 활이나 다른 무기를 혹시 누가 손을 대지는 않았나 유심히 관찰하고

제 5장 첫 번째 캠프의 설치

있다는 것을 알았다. 하지만 식사를 끝내고 석양이 나무가 우거진 작은 봉우리들을 멋진 색채로 장식하고 있을 때 우리는 불가에 둘러앉아 그에게 폭포 근처에서 본 그 기념비 같은 것에 대해 질문을 던졌다. 그제서야 그는 속내를 조금 비치기 시작했다.

"그건 내 동생입니다." 그는 짧게 말했다. "당신들한테 제 얘기를 해야 하겠군요. 앞으로 상당 기간 같이 있어야 할 것 같으니까 당신들이 상대하는 이 사람이(그는 불에다 침을 뱉었다.) 어떤 사람인지를 알아두는 게 좋겠죠."

"내 부하들은 아이들처럼 행동하죠. 사냥 규정에 대해 불만을 늘어 놓으면서 말이죠. 여기 저기 좋은 사냥감이 있다는 사실은 부정하지 않을 겁니다. 하지만 가이드들이 습지의 목장에서부터 사냥을 금지하는 것은 다 이유가 있는 것입니다. 그 이유란 것을 난 직접 몸으로 경험했으니까요. 여기서 50보도 떨어지지 않은 곳에서 나는 한 마리의 쥐를 죽인 적이 있었는데 그것 때문에 내가 힘들게 찾았고 그래서 귀중하게 여기던 페라당을 네 개나 잃어버렸죠. 게다가 내 인생의 십년간을 완전히 쓸모없이 날려버렸습니다."

"나는 원숭이의 항구에서 수세기 전부터 살고 있던 농가 출신입니다. 내 조상 중에 몇 사람은 산을 향해 떠났다가 나중에 가이드가 된 분도 있습니다. 하지만 내 부모님은 장남인 내가 혹시 산의 부름을 받고 떠나지 않을까 걱정을 해서 어떻게든 나를

떠나지 않게 하려고 했죠. 그런 생각 때문에 내게 일찍 결혼을
하라고 재촉했고 그래서 결혼을 했습니다. 저 아래에는 사랑하는
아내와 다 자란 아들이 있습니다. 아들 녀석도 자기가 원하면
산에 오를 수 있을 것이고 저의 아내도 마찬가지입니다. 내가 서른
다섯 때 부모님은 돌아가셨고 나는 갑자기 삶의 공허함을 깨닫게
되었죠. 나는 뭘 하고 있는 것이지? 내 아들도 나처럼 자라서 내가
하던 일을 해야 하나? 무엇을 위해서? 여러분들이 보다시피 난
자신을 표현하는데 능숙한 편이 아니었고 당시에는 더 그랬어요.
모든 것들이 날 목조르는 것처럼 느껴졌죠. 어느 날 높은 산의
가이드 중의 한 사람이 원숭이의 항구를 지나다가 우리 집에
식량을 구하러 왔죠. 난 그를 만나자 그의 어깨를 부여잡고 소리를
질렀습니다. "왜? 왜?" 하고요."

"그는 내게 심각한 표정으로 말했어요. "당신 말이 맞아.
하지만 이제는 어떻게에 대해서도 생각해봐야 하지 않을까?" 그는
그날 내게 오랫동안 얘기를 했고 그 다음날도 얘기를 했죠. 결국
우리는 다음 봄에 베이스에 있는 오두막에서 만나기로 ─ 당시는
가을이었어요 ─ 약속을 했어요. 그는 자신이 새로 만들 등산대에
날 포함시키겠다고 말했어요. 나는 동생에게 나와 함께 가자고
했죠. 그 또한 이유를 알고 싶어 했고 해안 지역의 숨막히는
분위기에서 벗어나고 싶다는 생각이 있었습니다."

제 5 장 첫 번째 캠프의 설치

"12명으로 이루어진 우리의 등산대는 겨울에 첫 번째 캠프에 도달했습니다. 봄이 되어 나는 다시 원숭이의 항구로 돌아가 아내와 아들을 만나고 그들을 설득해 데려오려고 생각을 했어요. 베이스에서 내려와 지금 우리가 있는 이 캠프로 오는 길에 나는 아주 심한 눈보라를 만나게 되어버렸죠. 3일이나 계속된 눈보라였는데 그 바람에 눈사태가 일어나 길이 무려 스무 곳 정도가 차단되어 버렸어요. 이틀 연속 나는 식량도, 연료도 없는 상태에서 노숙을 해야만 했습니다. 날씨가 조금 좋아지니 나는 여기에서 백보 정도 떨어진 곳에 있더군요. 완전히 지친 상태였죠. 당시에는 아직 여기 습지의 목장까지 가축이 올라오지 않을 때였고 그래서 먹을 것도 하나도 없었어요. 바로 그때 내 맞은 편의 경사면에서 구멍에서 방금 나온 바위쥐가 한 마리 보였어요. 그건 보통 쥐와 마못의 중간 정도 되는 크기였어요. 햇빛을 쪼이려고 나온 것 같았습니다. 돌을 집어서 던졌는데 운 좋게 정통으로 맞추었죠. 나는 그것을 철쭉 꽃 위에 구운 다음 그 질긴 고기를 먹었죠. 그런 다음 한 두 시간 정도 잤고 일어나서는 원숭이의 항구로 내려갔습니다. 아내와 아들을 만나 오랜만의 재회를 축하하면서 보냈죠. 하지만 나는 그 해에 바로 나와 함께 올라가자고 설득하지는 못했어요."

"한 달 후에 다시 산에 올라가려고 하던 때에 나는 가이드들의 심판위원회의 소환을 받게 되었습니다. 그 늙은 쥐를 죽인 혐의였죠. 어떻게 그들이 그걸 알게 됐는지 지금도 모르겠어요. 법은 예외가 없더군요. 습지의 목장 이상으로 올라가는 것이 삼년간 금지되었습니다. 그 이후에도 내가 등산대와 함께 올라가려면 나의 행동이 야기시켰을 지도 모르는 모든 손해에 대해 충분한 보상을 한 후에 가능하다는 것이었습니다. 이것은 내게 큰 타격이었어요. 나는 원숭이의 항구로 돌아가 인생을 새로 시작하자는 기분으로 일을 했습니다. 동생과, 아들과 함께 농사를 짓고 등산대에게 공급할 목적으로 가축을 길렀습니다. 짐꾼들의 조합을 만들어서는 금지된 지역 바로 앞까지 물건을 들고 가게 했습니다. 그런 식으로 생계를 꾸리면서도 동시에 산의 사람들과 계속 연락을 하는 사이로 지내려고 했습니다. 조금 시간이 지나자 내 동생도 떠나겠다는 욕구가 강해졌습니다. 높은 곳으로 가고자 하는 욕망이 독처럼 그의 몸에 퍼진 것이죠. 하지만 그는 나와 함께 떠나기로 결심을 하고 나의 처벌기간이 끝나기만을 기다렸습니다."

"드디어 그 날이 왔습니다. 나는 내가 잡아놓은 살찐 바위쥐 한 마리를 작은 우리에 넣은 채로 길을 떠났습니다. 내가 전에 바위쥐를 죽인 그 장소에 가면 그 놈을 풀어주려고 말이죠. 어쨌든 난 피해를 보상해야만 하니까요. 그런데 길을 나섰더니 그제서야 그 피해상이 나타나는 것이 아니겠습니까! 해 뜰 무렵에

제 5장 첫 번째 캠프의 설치

습지의 목장을 떠났는데 갑자기 커다란 소리가 계곡을 채우는 것이었습니다. 아직 폭포수에 의해 단절되기 전의 산의 비탈면 전체가 갑자기 무너지는 것이었습니다. 바위와 진흙이 뒤엉켜서 떨어졌죠. 맨 위쪽에 튀어나온 빙하의 끝에서 얼음과 돌이 서로 뒤엉켜서 폭포처럼 쏟아지면서 산등성이에 수로가 새로 생길 정도였습니다. 당시 습지의 목장의 출구에서 위쪽으로 향해있던 비탈길이 있었는데 이 산사태로 인해 사실상 다닐 수 없는 길이 되어버렸죠. 며칠간 산사태가 계속되고 물과 진흙이 분출하면서 우리가 가야할 길이 완전히 차단되어 버리고 말았죠. 등산대는 다시 원숭이의 항구로 돌아가 만약의 위험에 대비해 장비를 정비한 다음 새로운 경로를 찾아 베이스로 올라가려고 했습니다―하지만 이건 정말로 길고도 험한 길이서 그 과정에서 몇 명이 목숨을 잃기도 했어요. 가이드의 위원회에서 이 대이변의 원인을 완전히 규명할 때까지는 나는 다시 출발하는 것이 금지되었습니다. 일주일 후에 나는 위원회에 불려나갔고 거기에서 이 모든 재난이 나의 책임이라는 통보를 받았습니다. 그리고 최초의 판결대로 나는 이 피해에 대해 보상을 해야 한다는 것이었습니다."

"나는 정말로 뭘 해야 할지 모르는 멍한 상태에 빠졌습니다. 하지만 그들은 내게 왜 이런 일이 생기게 되었는지를 자세히 설명을 해주었습니다. 그들의 설명은 공명하고 객관적인 것이며

심지어 관대하다고 해도 될 정도였습니다만 하지만 아주 단정적인
것이기도 했습니다. 내가 죽인 그 바위쥐는 그곳에서 흔한 말벌이
주식이었습니다. 하지만 일정한 나이가 지나면 바위쥐는 민첩성이
떨어져 뛰어서 말벌을 잡을 수는 없게 됩니다. 그렇게 되면 그는
병이 들었거나 아니면 약한 말벌들, 그래서 날 수가 없고 기어
다니거나 땅 위에 주로 머무는 말벌을 노리게 되죠. 이런 식으로
해서 그는 결함이 있거나 병균을 가지고 있는 말벌을 박멸하는
것입니다. 그의 무의식적인 개입이 곤충들의 세계에서 유전이나
전염으로 인해 위험한 병이 만연하는 것을 막아주는 역할을 하는
것이죠. 그런데 쥐가 죽어버리면 이러한 병은 빠르게 확산되어
다음의 봄에는 그 지역에 거의 말벌을 볼 수가 없게 되어 버립니다.
이 말벌들은 꿀을 찾아서 꽃에도 달려드는데 그렇게 해서 그
꽃들이 잘 번식하도록 하는 역할도 합니다. 말벌이 없으면 약한
지반의 고정에 중요한 역할을 하는 많은 식물들이…"

제 5장 첫 번째 캠프의 설치

후기(초판)
— 베라 도말

    이렇게 르네 도말은 «마운트 아날로그»의 5장 중간에서 문장을 끝맺지 못한 상태로 중단하고 말았다. 1944년 4월의 어느 날 그를 찾아온 방문객을 기다리게 하는 것은 예의가 아니라고 생각해서 도중에 멈춘 것이다. 그것이 그가 펜을 마지막으로 잡은 것이었다.

    그의 친한 친구인 A 롤랑 드 르네빌은, 그가 오래 살기는 힘들다는 것을 모를 수가 없었기에 그가 소설을 끝내지 못하리라는 사실을 예감하고는, 소설의 남은 부분이 어떻게 전개될 것인지를 그에게 물어볼 생각을 했다. 르네빌은 그의 아내인 카실다가 앞 부분을 다 읽었는데 어떻게 전개될 것인지 아주 궁금해 한다는 구실을 대며 물었다. 그다운 유머와 진지함이 뒤섞인 태도로 르네 도말은 뒷부분의 구상을 몇 마디로 요약했다. 다음은 내 기억에 남아 있는 그의 요약이다.

    "5장과 6장에서 나는 도중에 하차한 네 사람들의 탐험을 묘사할 계획이다. 처음에 참여했다가 도중에 포기한 네 명을 당신은 기억할 것이다. 벨기에 출신의 배우인 줄리 보나스, 여성복 재단사인 베니토 치코리아, 저널리스트인 에밀 고르쥬, 많은 작품을 쓰는 시인인 알퐁스 카마르의 네 사람으로 이 사람들은 탐험에 본격적으로 착수하기 전에 도중에 물러선 사람들이다. 하지만 이들은 결국 몇 명의 친구들을 끌어들여서 자신들의 독자적인 탐험대를 조직해 마운트 아날로그를 발견하려고 나선다. 그들은 자신들이 속았다고 생각한다. 탐험대가 애초에 이 유명한 산을 찾아나선 것은 인간성이 우월한 종족을 만나려는 것이 아니라고 그들은 믿는다. 그래서 그들은 우리를 '농담꾼'이라고 부른다. 그들은 이 산에 기름이나 황금 혹은 다른 보물이 숨겨져 있고 어떤 사람들이 이걸 지키고 있다고 보았으며 그래서 이들을 복종하게 하면 보물을 손에 넣을 수 있다고 생각한 것이다. 그 결과 그들은 강력하고 현대적인 장비를 갖춘, 거의 전함이라고 할만한 배를 준비한 다음 출항한다. 항해에서 일련의 모험을 겪은 후에 결국 마운트 아날로그가 보이는 지점에까지 도착한다. 그들은 자신의 대포로 발포를 할 준비를 한다. 하지만 그들은 이곳을 지배하고 있는 법칙에 대해 전혀 모르므로 소용돌이에 갑자기 휩싸여 빠져나오지 못한다. 천천히 주변을 원을 그리며 돌면서 그들은 발포를 하지만 포탄은 마치 부메랑처럼 그들에게 돌아온다. 그로 인해 그들은 우스꽝스러운 처지에 놓이게 되는 것이다."

어떻게 친숙하고 깊이 있는 유머를 섞어서, 어떻게 창의적인 공상을 사용해서 르네 도말이 이 재물에 혈안이 된 수색자들의 재난을 이야기할 것인지를 우리는 상상할 수 있다. 그들은 '하늘과 땅을 연결하는 길인 산'을 대략이나마 볼 수 있는 기회를 얻었지만

후기(초판)

그 산의 본성을 아는 것도, 어떻게 해야 거기에 다가갈 수 있는지도 생각해내지 못했던 것이다.

도말은 설명을 계속해서 이 책의 마지막 장인 7장에서 보여줄 것을 말했다.

"끝에서 나는 마운트 아날로그의 기본적인 법 중의 하나에 대해 말할 생각이다. 정상에 도달하기 위해서는 캠핑지에서 캠핑지로 이동하면서 올라가야 한다. 그런데 다음 캠핑지로 갈 때 그 등산대는 반드시 다음에 올 사람들을 위한 준비를 해놓아야 한다. 그 준비를 해놓은 다음에야 위로 올라갈 수 있다. 바로 그런 이유로 새로운 캠핑지로 떠나기 전에 온 길을 다시 내려가 우리의 지식을 다른 수색자들에게 전수해줘야 하는 것이다..."

아마도 르네 도말은 바로 이러한 준비 작업이 의미하는 바를 보다 더 명확히 할 생각이었을 것이다. 명백히 그는 그의 일상 생활에 있어서 마운트 아날로그로의 어려운 여행을 위해 여러 사람들이 미리 준비하도록 애썼기 때문이다.

마지막 장의 제목은 이렇게 될 예정이었다.

"그래서 당신은, 무엇을 찾을 것인가?"

이것은 곤란하지만 결실도 많은 질문으로 그에 대한 상투적인 해답보다 훨씬 더 귀중한 질문이며 결국에는 우리들 각자가 그에 대한 해답을 찾아야만 하는 질문이다. 이 질문에 정면으로 대면하는 것은 우리 안에서 잠자고 있는 존재의 가장 깊은 층을 깨우고 그것이 들려주는 소리를 고통스럽게 그리고 명확하게 들으려고 노력해야만 하는 것이다.

그의 짧은 생애의 끝자락에서, 비록 그의 탐구는 막 시작한 것에 지나지 않지만, 르네 도말은 이미 속이 텅 빈 소리와 안이 꽉 찬 소리를 구분할 수가 있었다. 그의 작업이 중단되었지만, 아니 중단되었기 때문에 더욱 더 그가 어떤 길로 가고 있었는지를 알 수 있게 되면 좋을 것이라 생각한다.

그는 그의 앞에 놓여 있는 길을 아주 간결하게 표현한 적이 있었다. 아래의 글은 그가 내게 마지막으로 보낸 편지에 나오는 것이다.

> "이것은 내가 나와 함께 일하는 사람들에게
> 전하고 싶은 것을 내 자신을 위해 요약한 것이다.
>
> 나는 죽었다, 욕망이 없으므로.
> 나는 욕망이 없다, 소유하고 있다고 믿기 때문에.
> 나는 소유한다고 믿는다,
> 왜냐하면 주려고 하지 않기 때문에.

후기(초판)

주려고 한다면 아무 것도 가진 게 없다는 걸 알게 된다. 아무 것도 가진 게 없다는 걸 알게 되면 손에 무언가 넣으려고 한다. 손에 무언가 넣으려고 하면 자신이 아무 것도 아니라는 걸 알게 된다. 자신이 아무 것도 아니라는 걸 알게 되면 무언가가 되려고 욕망한다. 무언가가 되려고 욕망하면 그때부터 우리는 살게 된다."

르네 도말의 노트

1938년에서 1941, 1942년에 이르는 시기에 르네 도말은 «마운트 아날로그»과 관련하여 이 소설의 방향을 이해하는데 있어 아주 중요한 텍스트를 썼다. 우리는 여기서 그 텍스트들을 쓴 순서대로 배열한다. 1부는 '아날로그적인 등산에 대하여'의 앞부분으로 이 글은 «마운트 아날로그»의 편집에 훨씬 앞서 쓰여진 글이다. 2부는 약간의 서설적인 글로 이루어져 있는 데 이야기의 시작을 요약하는 척 하지 않으면서 독자들로 하여금 쉽게 글에 들어갈 수 있도록 해주며 결론의 형식을 빌어 어떻게 르네 도말이 '이 실화를 사람들이 믿게 하기 위해' 포장을 했는지를 보여준다. 이 글은 완성된 책의 1장에도 활용되었고 «메쥐르»Mesures지의 1940년 1월호에 실렸다. 3부와 4부는 책의 3장에 관련된 것으로 '텅빈 남자와 씁쓸한 장미'의 이야기를 소개하는 것이었다.(이 이야기는 «남부 수첩»Cahiers du Sud, No. 239, 1941년 10월호에 실렸다.)—편집자 [원저]

[1]

<서설>

내가 산을 만나게 된 것은 아주 최근의 일이다. 그러므로 나는 초심자에 지나지 않는다. 하지만 유심히 관찰하면서 노력하는 타고난 습성을 갖고 있고 그 밖의 여러 가지 사정이 작용해서

다른 사람들이 몇 주씩 걸려 습득하는 것을 하루만에 습득하는 경우도 있다. 그리고 내가 처음에 부닥치는 어려움이 아직 기억에 생생한, 초심자로서 말하는 것이므로 나의 말은 처음 산에 오르는 사람들에게 전문가들이 쓴 교본보다 더 유용할 수 있을 것이다. 물론 전문가들이 쓴 글은 더 체계적이고 완벽하겠지만 어느 정도 기초적인 경험을 쌓지 않은 사람에게는 어렵게 느껴질 수 있다. 이 메모의 목적은 초심자로 하여금 이러한 기초적인 경험을 가능한 빨리 습득하도록 도움을 주는 데 있다.

<정의>

등산이란 최대한의 신중함을 가지고 최대한의 위험에 맞서면서 산을 오르는 기술을 말한다. 여기서 기술이란 지식이 행동 속에서 실현되는 것을 말한다.

영원히 정상에서 머무를 수는 없다. 언젠가는 다시 내려와야 한다... 그렇다면 왜 굳이 올라가려고 할 필요가 있을 것인가? 그건 바로 이것이다―높은 곳은 낮은 곳을 알지 못하고 낮은 곳은 높은 곳을 알지 못한다. 산을 오를 때 도중에 마주치는 어려움을 잘 기억해 두도록 하라. 오르는 도중에는 그것이 잘 보일 것이다. 내려갈 때에는 그것이 보이지 않을 것이지만 그래도 당신은 제대로 관찰을 했다면 그것이 있다는 것은 분명히 알 것이다.

올라가면서 본다. 내려가면서는 보이지 않지만 이미 본 적이 있다. 낮은 곳에서 길을 갈 때 어떻게 자기 자신을 인도하는가 하는 문제에 올라가면서 본 것의 기억을 활용하는 것이 기술의 핵심이다. 더 이상 아무 것도 보이지 않을 때에도 적어도 그것을 알 수는 있다.

나는 물었다.
—"'아날로그적인 등산'이란 건 도대체 무슨 의미인가?"
—"그것은 하나의 기술인데..."
—"기술은 무엇인가?"
—위험의 가치
  무모함—자살로 이끈다
  내게는 불만
—"위험이란 무엇인가?"
—"신중함이란 무엇인가?"
—"산이란 무엇인가?"

정상을 계속 주시하되 당신 발 밑을 보는 것을 잊어먹어서는 안된다. 마지막 발걸음은 항상 첫 번째 발걸음에 의존한다. 정상이 보인다고 해서 이제 다 왔다고 생각해서는 안된다. 발 밑을 보고 다음 발걸음을 확실히 하되 그것이 최고의 목적으로부터 당신을 벗어나게 해서는 안된다. 첫 번째 발걸음은 항상 마지막 발걸음에 의존한다.

모험에 나설 때에는 당신이 지나갔다는 것을 항상 표시하도록 하라. 그래야만 돌아올 때 그것이 가이드가 되어줄 것이다. 돌을 다른 돌 위에 올려 놓는다거나 아니면 지팡이로 풀을 밀어서 낮추어 놓는다는 식으로. 하지만 당신이 막다른 길을 만나거나 위험한 곳에 도달하게 되면 당신이 남겨놓은 흔적이 다른 사람들로 하여금 위험에 빠지게 할 수 있다는 것을 명심하라. 그러면 왔던 길을 되돌아가서 당신이 남긴 흔적을 싹 제거하도록 하라. 이것은 이 세상에 자신이 통과했다는 흔적을 남기고 싶어하는 모든 사람에게 적용되는 것이다. 심지어 그것을 원하지 않는 경우에도 몇 개의 흔적을 남기게 되는 법이다. 당신이 지나간 곳의 흔적에 대해 당신의 동포들에게 책임을 질 수 있어야 한다.

미끄러지기 쉬운 사면에 오래 서있어서는 안된다. 발밑이 단단하다고 생각이 들더라도 당신이 잠시 호흡을 고르면서 하늘을 쳐다보는 사이에 땅은 당신 무게에 조금씩 밀려나가고 자갈도 같이

르네 도말의 노트

따라갈 것이다. 당신은 갑자기 새로 진수한 배처럼 미끌어지면서 밀려갈 것이다. 산은 항상 당신에게 딴죽을 걸 기회를 노리고 있다.

세 번이나 가파른 암구를 올라갔다 내려갔다 하다가 결국에는(마지막에만 보이기 때문에) 절벽에 도달했을 때, 당신의 다리가 후들거리고 이빨이 덜덜거릴 때 안전하게 휴식을 취할 수 있는 가까운 바위로 가도록 하라. 그런 다음 알고 있는 모든 욕설을 생각해내서는 산에다 그걸 퍼붓고 침도 뱉어주고 가급적 최대한 격하게 산에게 모욕을 주도록 하라. 그리고 물을 한잔 마시고 뭔가 요기를 하라. 그 다음 이 나쁜 곳에서 벗어나는데 마치 일생의 시간을 바쳐서 할 것처럼 다시 천천히 올라가도록 하라. 밤이 되어 잠들기 전에 이걸 다시 생각해보면 이번에는 한바탕 코미디를 했다는 생각이 들 것이다. 당신은 산에게 말을 건 것도 아니고 당신을 압도한 것도 산이 아니다. 산은 바위와 얼음에 지나지 않고 들어줄 귀도 마음도 가지고 있지 않다. 하지만 이 작은 소란이 당신을 구한 것이다.

게다가 어려운 순간에는 당신은 자신이 산에게 말을 걸고 있는 걸 보게 될 것이다. 아부를 하는가 하면 욕을 하기도 하고 약속을 하는가 하면 협박을 하기도 한다. 그리고 당신이 적절하게 말을 건네면, 그쪽에서 원하는 방식으로 말을 하면, 산이 대답을 해준다는 인상을 받게 될 것이다. 그렇다고 해서 당신을 너무 낮추어서 볼 필요는 없고 학자들이 원시적이거나 애니미즘적이라고 한다고 해서 부끄러워 할 필요도 없다. 단지 나중에 이러한 순간을 회상할 때, 당신이 자연과 나눈 대화는 당신 자신과의 내적 대화가 외적인 이미지로 나온 것이라는 것만을 명심하기 바란다.

신발은 발과 달리 태어날 때 타고나는 것이 아니다. 처음에는 경험 있는 사람들의 가이드를 받도록 하고 시간이 지나면 당신 자신의 경험이 가이드가 될 것이다. 시간이 지나면 당신의 신발은 너무나 익숙해져서 발가락이 마치 손가락처럼 바위를 촉지하고 그것에 달라붙을 정도가 될 것이다. 그것은 마치 당신의 일부분처럼 민감하고 믿을만한 도구가 될 것이다. 하지만 그것은 당신이 타고난 것은 아니다. 그 신발이 많이 닳게 되면 그걸 버리면 그만이고 그렇다고 해도 당신은 그대로 남는다.

당신의 생명은 어느 정도 신발에 의존한다. 그걸 제대로 관리하도록 해라. 하지만 하루 15분 정도면 적당할 것이다. 당신의 생명은 신발 말고도 다른 많은 것들에 의존하기 때문이다.

나보다 훨씬 경험이 많은 등산가가 내게 말한 적이 있다.

르네 도말의 노트

"당신 발이 당신을 데려다주지 않은 것 같으면 그때는 당신 머리로 걸어야만 한다." 그건 맞는 말이었다. 아마도 자연의 질서에 맞는 것은 아니지만 머리로 걷는 것이 발로 생각하는 것—생각보다 자주 그런 일이 생긴다—보다는 낫지 않을까?

미끄러지거나 어디서 떨어지거나 하는 일이 생기면 잠시 쉰다는 생각을 하지 말아라. 일어나자마자 다시 원래의 페이스대로 걸어가도록 한다. 마음 속으로는 그런 일이 벌어진 상황을 유심히 기록해야겠지만 그렇다고 당신의 몸이 그것에 대해 많이 몰두하도록 내버려두어서는 안된다. 몸은 자주 떨림, 헐떡거림, 심장 박동, 전율, 발한, 경련 등을 통해 자신에게 주목이 쏟아지도록 하려고 한다. 하지만 주인으로부터 경멸이나 무관심을 받게 되면 그것에 빨리 반응한다. 몸이 아무리 한탄을 늘어놓아도 결코 동정을 받지 못할 것이라는 것을 감지하면 그것은 다시 대열을 정비하고 자신이 해야할 일을 묵묵히 수행할 것이다.

위험의 순간.
패닉과 정신의 현현顯現 사이의 차이.
오토마티즘—주인 혹은 노예.

[2]

당신에게 모든 것을 지금 말해주고 싶다. 그것은 아주 긴 이야기가 될 것인데 여기에 바로 그 이야기의 시작이 있다. 아마도 이야기의 시작과 끝을 이야기하는 것은 항상 인위적인 것이 될 것이다. 우리는 항상 중간적인 단계만 파악하게 되기 때문에 더 그렇다. 그러나 사건의 기원에는 어떤 만남이 있었고 그리고 모든 만남은 하나의 상대적인 시작인 것이며 이 만남은 특히 그 자체에 하나의 이야기를 담고 있다.

내가 해야할 이야기는 아주 특별한 것이서 나는 어떤 사전준비를 취해야만 한다. 해부학을 가르치기 위해서는 우리는 사진보다는 오히려 아주 관습적인 도식을 사용하는데 이 도식은 모든 면에서 실제의 연구 대상과 다르지만 어떤 관계만은—바로 이것이 정확히 알고 있어야 하는 것이다—잘 담아내고 있다. 내가 여기서 하는 것이 바로 그러한 것이다.

이리하여 마운트 아날로그 탐험계획은 만들어지게 된 것이다. 이미 말을 시작했으니 나머지도 계속 말해야만 한다. 아직까지는 미지의 대륙이었던 것이, 히말라야보다 훨씬 높은 산을 가진 그런 대륙이 어떻게 존재하는 것으로 증명되었는지를 말이다. 어떻게 그전에는 아무도 이런 곳이 있는지를 몰랐던 것인지, 어떻게 거기에 도달하는지, 어떤 피조물들을 거기서 우리가 만났는지, 다른 목적을 가진 어떤 탐험대가 어떻게 아슬아슬하게 난파의 위기를 면했는지, 우리가 어떻게 해서 이 신대륙에 뿌리를 내리게 됐는지를, 그리고 이 모든 것에도 불구하고 우리는 겨우 여행을 시작한 것에 지나지 않았다는 것을...

하늘 저 높은 곳에, 하얀 눈에 싸인 저 높은 봉우리들이 만들어내는 그 원환 너머에 눈이 견뎌낼 수 없는 정도의 현기증을 유발하면서, 넘치는 빛으로 인해 제대로 보이지도 않은 상태로, 마운트 아날로그의 절정이 우뚝 솟아있는 것이다.

> 거기, 아주 가는 바늘보다 더 뾰족한 정상에서
> 모든 공간을 채우는 자가 살고 있다.
> 모든 것이 얼어붙는 이 정화된 대기 속에서
> 더할 수 없이 단단한 결정結晶만이 살고 있다.
> 이렇게 높은 곳에, 하늘의 불이 활활 타오르는 곳에서는
> 영원한 백열白熱만이 살고 있다.
> 거기서 그 창조물들의 중심에는 모든 것들의 처음과
> 끝에서 그 완성된 것으로 보는 자가 있다네.

그 산의 사람들이 그 높은 곳에서 부르는 노래이다. 정말이지

이 노래대로이다.

> 당신은 그렇다고 말한다. 하지만 조금만 추워져도
> 당신의 심장은 두더쥐로 변할 것이다. 조금만 더워져도
> 당신의 머리는 파리떼로 가득찰 것이다. 배가 고프면
> 당신의 몸은 말 안듣는 당나귀처럼 될 것이고 지치면
> 당신의 다리는 당신을 비웃을 것이다.

이것도 산의 사람들이 부르는 다른 노래이다―그걸 들으면서 나는 쓰고 있다, 어떻게 하면 이 실화를 사람들이 믿게 할 것인지를 생각하면서.

[3]
모든 종류의 목소리가 여전히 들렸다. 들은 것들 중에는 취해야 할 것과 버려야 할 것이 있다. 어떤 목소리는 이미 정상에서 내려와 지금은 지상에 있고 아주 가까이에 있는 것 외에는 시야가 미치지 않게 된 사람에 대해 말했다. "하지만 그는 자신이 본 것에 대해 기억을 가지고 있고 그래서 그것으로 인도할 수가 있다. 더 이상 볼 수는 없어도 아는 것은 아직 가능하다. 거기에다가 본 것의 증인이 되는 것은 가능하다." 다른 목소리는 신발에 대해 말하고

르네 도말의 노트

어떻게 징 하나 하나가, 트리코니 징의 하나 하나가 지표를 더듬고, 어떻게 발가락처럼 아주 요철凹凸이 적은 것에도 자국이 있다는 것을 알아내는 것처럼, 말하자면 감각이 있는 것이 되는가를 말했다. "그래봐야 이건 신발에 지나지 않고 태어날 때 부여받은 것도 아니다. 그리고 매일 아침 15분 정도 손보는 것만으로 상태를 제대로 유지하는 데에는 충분하다. 한편 발은 태어날 때부터 타고난 것으로 죽음도 같이 하게 될 것이다—그래서 적어도 그렇게 믿고 있는 것이다. 하지만 그렇게 확실한 것일까? 소유주보다 더 오래 살거나 아니면 먼저 죽어버리는 발도 있는 것이 아닐까?"(이 목소리는 침묵하게 해버렸다, 너무 종말론적이어서 말이다.) 다른 목소리는 올림푸스 산과 골고다 언덕에 대해 말하고 또 다른 목소리는 산사람의 적혈구의 증가와 신진대사의 특수성에 대해 말했다. 마지막으로 또 다른 목소리가 "높은 산에 전설이 별로 없다고 주장하는 것은 잘못된 것으로 상당히 훌륭한 전설이 적어도 하나는 있다"고 고했다. 사실을 말하면 이 전설에서는 산은 상징이라기보다는 배경의 역할을 수행하고 있고 이야기의 진짜 무대는 "우리들 인류와 보다 고차원적인 문명과의 접점, 어떤 제도화된 진리의 영속이 달성되고 있는 장소"라고 확언했던 것이다. 흥미를 느낀 나는 그 목소리에게 그 이야기를 해달라고 부탁했다. 그래서, 이렇게... 나는 귀를 기울였다. 그것을 나는

재현하려고 한다, 가능한 한 세심하고, 정확하게—요컨대 여기에서
그다지 확실하지 않은 애매한 번역밖에 찾아낼 수 없다고
하더라도.

[4]
어느 해 8월의 어느 날 나는 하얗게 절단된 대지를 내려갔는데
거기에는 안개와 함께 돌풍이 불었고 눈보라가 쏟아졌다.
이러저러한 사정으로 오래전부터 이 하늘의 나라에 머무는 것은
쓸모없는 일이라고 생각하게된 것은 온 천지를 덮은 하얀 눈이
어느 조용한 오후에 얇은 얼음이 낀 사면을 미끄러지면서 화약
냄새가 나는 돌맹이를 던지고 있다는 환각의 탓이었다. 다시
한번 가능하다면 크레바스가 내쉬는 숨을 들이키고 떨어지는
얼음덩어리 위를 미끄러지면서 자일을 확보하고 몰아치는 돌풍의
힘에 반응하면서 얼음에 부딛쳐서 내는 쇠사슬의 소리와 수정처럼
작은 얼음덩어리가 만들어내는 빙하의 균열의 함정—보석의
가루와 드레이프를 차려입은 그 살인기계에 향해서 쪼개지는
얼음들의 소리에 귀를 기울이고 다이아몬드와 밀가루 속에서
발자국의 선을 찾아내며 두 개의 자일로 몸을 맡긴 채로 허공의
중심에서 마른 자두를 먹고 싶다고 생각했다. 한쪽의 구름의
막이 위에서 아래로 향해 내려가고 처음 만나는 범의귀 꽃에

르네 도말의 노트

걸음을 멈추면 눈 앞의 얼음 탑이 거대한 폭포수가 되어 진주의 주름을 가진 거대한 스카프처럼 계곡 아래의 거대한 평원을 향해 떨어지는 것이다.

이제는 피켈을 문앞에 두고 오랫동안 이 지상에 머물면서 잠을 자던가 아니면 꽃이라도 따는 수밖에 없다. 이때 나는 자신이 원래 하던 일이 문학이라는 것을 기억해냈다. 그리고 이 일을 평범한 목적을 위해, 즉 행하는 대신에 말하는 것을 위해 이용할 좋은 기회라고 생각했다. 산을 돌아다니는 것이 불가능하다면 이 지상에서 노래를 부르자고. 그런 기분이 있었다는 것을 인정해야만 한다. 하지만 다행히 이 기분은 내 속에서 메스꺼운 냄새를 내고 있었다―저 어쩔 수 없는 수단에 지나지 않는 문학의 냄새, 행동하지 않고 끝내기 위해, 아니면 불가능한 자신을 위로하기 위해 만들어진, 저 잘 다듬어진 언어들의 냄새 말이다.

나는 바위와 얼음을 극복하는 것에 의해 자신의 육체를 극복했을 때 사람들이 자신의 생각에 떠올리게 되는, 그 무거움과 서투름을 가지고, 더 진지하게 생각하기 시작했다. 나는 산에 대해 말하는 것이 아니라 산에 의해 말해지는 것이다. 이 언어로서의 산에 의해, 땅과 하늘을 연결하는 또 다른 산에 대해 말하는 것이 될 것이다―포기하기 위한 것이 아니라 격려하고 일어서게 하기 위해서 말하는 것이다.

그리고 그 이야기 전체가—산의 언어를 착용한 오늘까지의 나의 이야기가—내 앞에서 펼쳐지는 것이다. 그 이야기 전체는 이젠 그걸 말하기 위한 시간을 필요로 하고, 그러니까 그것을 제대로 살아낼 시간도 나에게는 필요할 것이다.

몇 몇 동지들과 함께 나는 땅과 하늘을 연결하는 '산'을 찾아나섰다. 이 산은 지구상의 어딘간에 실재해야 하며 어떤 우월한 인류의 주거지여야만 한다. 이것은 소골이라고 우리가 부르는 사람에 의해 합리적으로 증명된 바 있다. '산'에 대해 우리보다 많이 알고 있는 그가 탐험대장이 되었다.

그래서 우리는 지각 속에 뿌리를 내리고 있는 표층물질의 중심인 이 대륙에 도착한 것인데 여기는 주위의 공간의 왜곡에 의해 호기심과 물욕의 시선에서 보호를 받고 있었다. 마치 한 방울의 수은이 표면장력 덕에 중심에 닿을려고 하는 손가락을 받아들이지 않는 것처럼. 우리들의 계산—다른 것은 아무 것도 생각하지 않는 것—에 의해, 우리들의 욕구—다른 희망은 모두 버리는 것—에 의해, 우리들의 노력—모든 안일함을 포기하는 것—에 의해 우리는 이 신세계의 문을 열어 제칠 수 있었다. 그렇게 생각했던 것이다. 하지만 얼마 지나지 않아서 알게 되었다—우리들이 마운트 아날로그의 산등성이에 상륙할 수 있었던 것은 사실은 이 보이지 않는 나라의 보이지 않는 문을,

그것을 지키고 있는 사람들이 우리들을 위해 열어준 것이라는 것을. 새벽의 안개 속에서 큰 소리로 우는 닭은 자신의 노래가 태양을 나오게 했다고 생각하고 닫힌 방에 갇혀서 우는 아이는 자신의 외침소리가 문을 열게 했다고 생각한다. 하지만 태양과 어머니는 자신이 원하는 길이 있고 그것은 자신의 존재법칙이 거쳐온 것을 따르는 것이다. 바로 그때 우리를 보고 우리가 자신을 보지 못하고 있는 것을 안 그들은 아주 관대한 태도로 우리들의 유치한 계산, 우리들의 불안정한 욕망, 우리들의 작고 서투른 노력에 응답해서 우리들에게 문을 열어주었던 것이다.

서문(초판)
―앙드레 롤랑 드 르네빌

1928년에 르네 도말―당시 25세였던―과 로제 질베르 르콩트와 나는 파리에서 «거대한 도박»^{Le Grand Jeu}이라는 잡지를 창간했다. 단명한 이 잡지는 우연히 이 잡지를 손에 쥐게 된 사람들에게 '시'라는 것이 이미 답사가 다 이루어지고 그 한계가 이미 주어진 어떤 영역에서 수행되는 사치스러운 일이 아니라 반성―자기 자신의 보물을 비추어내는 정신의 반사―으로서만이 잉태가 되는 그런 것이라는 걸 납득시키려 한 것이었다. 우리들은 이 '시'가 인간 정신이 망각과 재발견을 반복하게 되는 그 깊은 '교의'^{敎義}의 다른 이름에 지나지 않으며 그 '교의'를 드러내는 것이야말로, 무언가 유괴에 의한 거래(프로메테우스가 신의 가마에서 훔친 불, 지혜의 나무에서 따낸 불타는듯한 사과)처럼 보이지만, 인간을 복권시키는 가능한 한 방식의 실마리를 포함하는 것이라는 명백한 사실에 마음이 사로잡혔던 것이다. 르네 도말은 다음과 같이 쓰고 있다.

"이 '교의'는 아리아인의 동방에서 그 가장 순수한 모습을 드러낸 후에 현자들의 시대에서 우리들의 시대까지 3개의 길을 통해 서방에 전해져 왔다. 첫 번째는 철학의 길인데 에페소스 학파와 엘레아 학파의 변론술, 플라톤의 변론술 속에서는 아직 빛이 나고 있었지만 그 순수한 가르침이 사회를 조직하고 기계를 구축하는 기술의 필요성과 절충하는 과정에서 타락해 결국에는 제국주의적 질서를 정당화하려는 것에까지 떨어지게 되고 배신자였던 헤겔의 변증법과 또 그 빛나는 원천을 거의 잊어버려서 단순히 논리학에 지나지 않은 것이 되어버린 하멜른의 변증법으로 전화한 후에 실용주의로 떨어지고 만 것이다. 두 번째는 비법 전수의 길, 비교秘敎적 전통의 길이다. 여기에서 등장한 카발라파, 헤르메스 학자, 연금술사들, 점성술사의 여러 파는 확실히 원초의 신비를 그대로 서로 간에 전하려고 하는 의지를 가진 것은 사실이다. 하지만 여기서도 배신을 피하지는 못했다―나는 근대 프리메이슨의 허식(아 히람이여!)뿐아니라 그것보다 훨씬 더 끔찍한 비법전수를 위한 예배당의, 일종의 타락에 의한 성공을 특히 예로서 들겠다. 시의 길이야말로 세 번째의 것이다. 참된 지식을 전하는 빛나는 '사부', 비법전수자들의 아버지는 또한 시인들의 아버지, 어떤 빛에 가득찬 신비스러운 혈연의 사슬로 연결된 참된 시인들의 아버지이기도 하다."(르네 도말이 쓴 "시와 관련된 비평의 태도에 대해", «남부 수첩»Cahiers du Sud, 1929년 12월호)

1936년 르네 도말은 «하늘에 반대하여»Le Contre-Ciel라는 제목의 시집을 발표했는데 정당하게 자크 두세 상Prix Jacques Doucet을 받은 이 시집이야말로 지금도 다시 읽어볼만 한 가치를 가진 드문 시집의 하나이다.(최근의 많은 저명한 시집 중에 최초의 감동이 어느 정도 사라진 다음에 다시 한번 손에 잡아보고 싶어지는 것이

서문(초판)

몇 권이나 될 것인가?) 거기에선 아는 체 하는 허장성세가 힘을 쓰는 대신에 과장의 억제가 강하게 지배하고 있어서 나는 오늘날 르네 도말이 «하늘에 반대하여»에 앞서서 행한 시도 속에 지금도 많은 사람들이 자주 하는 그 질문, 즉 시적 창조에 대한 여러 가지 문제에 대한 해답이 포함되어 있다는 것을 여기서 환기해야만 할 것이다.

하지만 르네 도말에게 있어서는 그가 생각하는 문학 활동의 양태는 '교의'를 실제로 열람한 후가 아니면 완전히 성실하게 관철될 수는 없는 것으로 생각되었다. 그는 그 '교의'를 자신의 몸으로 살아내기는커녕, 머리만으로 접근하려 한다고(이건 너무 소심한 것이라고 나는 생각했지만) 자신을 질책했다. 그가 자신에게 준 첫 과제는 그때까지의 자신의 태도를, 또 지적 활동에만 머물고 있는 주위의 사람들의 태도를 고발하는 것이었다. 그는 모든 추상적 논증을 피하는 방법 또 우리들 각자가 자신의 생활의 한 순간을 그 속에서 알아보게 되는 착오의 실례를, 그대로 눈 앞에서 개진하는 방법으로 나아갔다. 그를 위해 그는 1933년에 «거대한 술자리» La Grande Beuverie를 썼던 것이다. 이 작품은 처음 1938년에 출간됐는데 그 이후 판을 거듭해 그 최근의 인쇄분도 지금은 거의 남아있지 않다. 이것은 많은 사람들이 거기서 전개되는 비유에 은밀하게 감복했음을 보여주는

증거인 것이다—그것도 어떤 비밀의 칼에 찔린 결투자가 무기를 떨어뜨리면서 '졌다'고 고백하는 것과 같은 의미에서 말이다.

르네 도말은 확실히 우리들을 완전히 거부한 채로 떠나지는 못했다. 《거대한 술자리》에 이어서 그 대극을 이루는 생산적이고 풍요한 속편을 내는 것이 그의 의무였다. 아마 그는 이러한 기도의 중대함과, 그것에 전력을 쏟는 것의 불가피한 필요를 느꼈을 것이다. 최후까지 이 일을 밀고 가기에는 시인에게는 불가결한 그 '긴 휴가'를 얻는 것이 아무래도 필요했을 것이다—운명은 하지만 이미 말을 사용할 줄 아는 저 싸구려 인형들에게는 상당한 혜택을 베풀면서도 유독 그에 대해서만은 이러한 한가함을 얻는 것을 거부하려고 애썼던 것처럼 보인다. 정신의 구조 자체가 애초에 아주 작은 일에도 양보하기를 바라지 않는 인간, 애초에 그런 일이 아예 가능하지도 않은 인간에게 있어 참으로 잔혹한, 생활에서의 물질적 곤란에 직면한데다가 당시에는 불치로 여겨졌던 병에 시달리기까지 한 도말은 아주 가끔만 그 계획의 숙성과 실현에 힘을 쏟을 수가 있었다. 그 계획은 바로 한 척의 배를 준비해 저 신비의 산—우주가 미지의 조망을 가지고 그 정상에서 내려다보는 바로 그 산, 유추의 산을 발견하고자 결심한 탐험대의 모험을, 어떤 친숙한 형태로 살려내려고 했던 것이다... 그 봉우리가 우리들 정신의 정점과 애널로지(유비)를 이루고 있으면서 우리들이 아직

서문(초판)

누구 한 사람 그 정복에 마음을 쏟아보지는 못했던 그 높은 산!

《마운트 아날로그》를 쓰는 것에 골몰하면서 르네 도말은 그때까지 모든 철학과 종교를 섭렵하면서 시도했던 탐색을 자기 자신의 방법으로 밀고나가고 싶은 기분에서 산스크리트어의 연구에도 몰두했다. 그는 이 어머니의 언어의 가장 재기 있는 전문가의 한 사람이 되었고 당시의 여러 잡지에 경탄스럽고 정교한 번역을 발표하기 시작했는데 이것은 언젠가는 한 권의 책으로 묶일 것이라 생각한다. 자신과 처의 생활의 질을 확보하기 위해 그는 자신의 시간의 대부분을(낮이나 밤이나!) 주문의 번역 일에 소모하지 않을 수 없게 되었다. 이런 일은 항상 그 자신의 이름으로 발표되는 것은 아니었으며 그 벌이도 대단치 않은 것이었다.

그를 점차 쇠약하게 만든, 그 무서운 병 결핵은 원래도 상당히 곤란한 상황을 더욱 극적인 것으로 만들어버렸다. 그리고 전쟁이 일어났다. 도말과 그의 처는 1940년 도주의 여행을 해야했다―알프마리팀 지방, 알프스 산지, 오트 사부아 지방에 머물다가 다시 지중해안에 돌아가 1943년에 결국 파리에 돌아오게 되는 이 엑소더스의 전말에 대해서는 자세히 말하지는 않겠다. 수도인 파리에서의 도말의 삶은 36세로 죽음을 맞이하는, 책형의 언덕으로 올라가는 한 걸음 한걸음이었다.

그의 문학적 명성과 높은 정신에 이끌려 찾아온 많은

방문객들이 그에게 글을 쓰기 위한 시간을 남겨주려고 했던 그 순간에도 그는 여전히 빈사 상태에서 침대에 누운 채 «마운트 아날로그»를 집필하고 있었다. 문을 열어서 그의 펜이 어떤 한 행에서—쓰기 시작할 기력은 있었지만 마치지는 못했던 그 최후의 한 행—멈추도록 한 사람의 이름을 우리는 결코 알지는 못할 것이다.

1940년 2월 24일 서신 왕래를 하는 사이이자 친구이기도 한 레이몽 크리스토풀루르 씨에게 보낸 편지에서 르네 도말은 «거대한 술자리»를 쓴 이유를 스스로 설명하고 거기다 «마운트 아날로그»에서 우리들에게 이해시키려고 하는 것의 대략을 전하고 있다. 그것은 다음과 같다.

"샤트네 말라브리, 알베르 토마 거리 7번지
1940년 2월 24일

나는 방금 1939년 8월호 «메르퀴르»에 실린 당신의 "반近근대인"이라는 기사와 내 책 «거대한 술자리»에 대해 쓰신 문장을 읽었습니다.(나는 최근 별로 글을 읽지 않습니다. 정말로 그것이 참 유감스럽습니다.) 아무래도 개인적으로 답장을 해야겠다고 생각하게 된

서문(초판)

것은 우선 당신의 엄격한 관대함에 감사를 드려야할 것 같아서입니다. 당신이 독자들에게 내 책의 가장 훌륭한 부분들에 대해서만 말해준 사실이 오히려 그 책 속에 숨어있는 모든 결함, 게으름, 안이함을 내게 더 확실히 알게 해주었습니다. 제대로 이해하지 못한 비판이 이쪽의 자존심을 오히려 채워주는 것과 같이 당신이 쓴 찬사는 자만심을 외려 무너뜨리는 면이 있고, 그래서 더 귀중합니다. 당신의 문장의 행간을 읽으면 내 책의 불완전함을 확실히 꿰뚫고 있는 것을 알 수가 있어서 이건 분명히 나의 이익이 됩니다. 앞으로 글을 쓸 때 있어 당신이 읽어줄 것이라고 생각하게 되어 그것이 내게 새로운 의무를 주게 됩니다. 이렇게 말하는 것은 지금까지 나는 12명이나 15명 정도의 정해진 사람들을 대상으로, 집단내의 문서라고 할만한 것 외에는 별로 쓴 것이 없기 때문입니다. 이제부터는 당신을 항상 염두에 두려고 합니다.

내 책이 '무이해와 묵살에' 부딪혔다고 한 것은 맞습니다. 이것은 자부심이면서 동시에 놀라움이기도 합니다. 타인의 우상만을 공격하고 있을 때에는 우상파괴자는 대체적으로 관대한 처분을 받습니다. 그가 나의 밥그릇을,

내가 생명을 지키기 위해 양식을 담은 그 그릇, 내가
땀흘려 번 돈으로 마련한 그 그릇을 부스려고 덤벼들
때까지는 말이죠. 내가 진지했다고 하는 것은 아무래도
당신이 내 마음을 잘 꿰뚫어보고 한 말인 것 같습니다.
이거야말로 내가 자부하고 싶은 유일한 긍정적인
자질인데 이 점을 사람들은 이해해주려 하지 않습니다.
우상을 파괴했다고 하지만 그것은 명확히 드러날 수 있는
관념들에 자리를 마련하기 위한 것이었기 때문입니다. 또
글쓰기란 나에게 대단히 심각하고 위험에 찬 수련이고
내가 아는 것, 그 이상도 그 이하도 아닌 그것만을
말해야 하는 것이기 때문입니다. 두 개의 유혹—하나는
게으름(말하기 쉬운 것만 말하는 것)의 유혹이고 다른
하나는 거짓말(머리로는 대략 알고 있어도 정말로
유기적으로는 알지 못하는 것을 말하는 것)의 유혹인데
이 두 개 사이의 이 좁은 길을 통해 앞으로 나아가는 것은
참으로 곡예나 다름없습니다. 내가 다시 읽어보면 얼마나
빈번히 이 두 유혹 중의 하나에 패했는가를 잘 알 수가
있어서 계속 배워야겠다고 생각합니다.
혼돈스럽고 미숙하며 허망한 세계를 묘사한 후에 나는
이제 보다 현실적이고 일관성 있는, 진선미가 실재하는

서문(초판)

듯한, 또 다른 어떤 세계의 존재에 대해 말해보려는 생각을 갖게 되었습니다―단 그러한 세계와 접촉하는 것이 가능해진 다음에야 그것에 대해 말할 수 있는 권리와 의무가 주어지는 것입니다만. 나는 최근 상당히 긴 이야기를 하나 쓰고 있습니다. 이 이야기에서는 자신이 감옥 안에 있다는 것, 무엇보다도 우선 이 감옥을 거부하지 않으면 안된다는 것(왜냐하면 사람들은 드라마에 집착하기 때문에)을 이해하는 인간의 그룹이 등장해 이 감옥에서 해방되어 있는 어떤 고차의 인류를 찾아서 출발하는데 이들은 이윽고 필요한 도움을 찾아내는 것이 가능해집니다. 아니, 그들은 이미 그것을 찾아냈습니다―나를 포함한 몇 사람의 동료들은 실제로 그것에 이르는 문을 발견했기 때문입니다. 다름아닌 이 문에서 어떤 현실의 생활이 시작되는 것입니다.(이 이야기는 «마운트 아날로그»라는 이름의 모험소설의 형식을 취할 것입니다―그것은 하늘과 땅을 연결하는 길이 되는 상징적인 산, 물질적으로 인간적으로 실재하지 않으면 안되며, 그것이 없으면 우리들의 처지는 희망이 없는 것이 되어버리는 그러한 상징적인 산입니다. 그 일부가 «메쥐르»의 다음 호에 아마 실릴 것입니다.)

저 역시도 당신이 '누구'인지를—당신이 어디에 있으며 무엇을 하고 있는가, 전쟁 때문에 파리에 떠나 있는가 등등—알고 있지 못하며 게다가 나중에 실제 목소리를 들으며 이야기를 할 기회가 있을지 아닐지도 모르는 형편입니다. 하지만 언젠가 우리에게 생기를 불어넣은 그런 생각들을 서로 얘기할 수 있게 되면 정말 행복하겠습니다. 나는 32세입니다만 건강상의 이유로 소집을 받지 못했으며 앞으로 1, 2년간은 소집을 받을 일도 없을 것입니다. 현재로는 직업도 없고 그래서 계속 주소를 바꾸지 않으면 안되는 처지입니다. 하지만 이 편지의 앞에 쓴 주소에 앞으로 한 달은 있을 것입니다. 그 후에는 《NRF》지로 보내시면 저에게 도달할 것입니다. 자주 있는 일입니다만 실제로 어떤 것에 대해 쓰지는 않더라도 말하는 것은 가능합니다.(왜냐하면 나의 주치의가 편지의 맨앞에 쓰는 문구처럼 "선량한 여러분, 모습이 안 보이니까 드리는 말씀입니다만"과 같은 것이니까요.) 당신은 '어떤 정신적 기사도'에 대해 일가언을 갖고 있는 분이라, 당신에게 질문을 퍼붓고 싶은 기분이 들게 합니다.
어쨌든 고맙습니다. 당신의 일은 잊지 않을 것입니다."

서문(초판)

1939년 여름에 오트 알프스의 펠부에서 르네 도말은 «마운트 아날로그»를 쓰기 시작하면서 일종의 생각의 일지라고 할만한 것을 써두었다. 그 단편을 아래에서 보겠다.

"어느 해 8월의 어느 날 나는 하얗게 절단된 대지를 내려갔는데 거기에는 안개와 함께 돌풍이 불었고 눈보라가 쏟아졌다. 이러저러한 사정으로 오래전부터 이 하늘의 나라에 머무는 것은 쓸모없는 일이라고 생각하게된 것은 온 천지를 덮은 하얀 눈이 어느 조용한 오후에 얇은 얼음이 낀 사면을 미끄러지면서 화약 냄새가 나는 돌맹이를 던지고 있다는 환각의 탓이었다. 다시 한번 가능하다면 크레바스가 내쉬는 숨을 들이키고 떨어지는 얼음덩어리 위를 미끄러지면서 자일을 확보하고 몰아치는 돌풍의 힘에 반응하면서 얼음에 부딛쳐서 내는 쇠사슬의 소리와 수정처럼 작은 얼음덩어리가 만들어내는 빙하의 균열의 함정―보석의 가루와 드레이프를 차려입은 그 살인기계에 향해서 쪼개지는 얼음들의 소리에 귀를 기울이고 다이아몬드와 밀가루 속에서 발자국의 선을 찾아내며 두 개의 자일로 몸을 맡긴 채로 허공의 중심에서 마른 자두를 먹고 싶다고 생각했다. 한쪽의

구름의 막이 위에서 아래로 향해 내려가고 처음 만나는
범의귀 꽃에 걸음을 멈추면 눈 앞의 얼음 탑이 거대한
폭포수가 되어 진주의 주름을 가진 거대한 스카프처럼
계곡 아래의 거대한 평원을 향해 떨어지는 것이다.
이제는 피켈을 문앞에 두고 오랫동안 이 지상에
머물면서 잠을 자던가 아니면 꽃이라도 따는 수밖에
없다. 이때 나는 자신이 원래 하던 일이 문학이라는
것을 기억해냈다. 그리고 이 일을 평범한 목적을 위해, 즉
행하는 대신에 말하는 것을 위해 이용할 좋은 기회라고
생각했다. 산을 돌아다니는 것이 불가능하다면 이
지상에서 노래를 부르자. 그런 기분이 있었다는 것을
인정해야만 한다. 하지만 다행히 이 기분은 내 속에서
메스꺼운 냄새를 내고 있었다—저 어쩔 수 없는 수단에
지나지 않는 문학의 냄새, 행동하지 않고 끝내기 위해,
아니면 불가능한 자신을 위로하기 위해 만들어진, 저 잘
다듬어진 언어들의 냄새 말이다.
나는 바위와 얼음을 극복하는 것에 의해 자신의 육체를
극복했을 때 사람들이 자신의 생각에 떠올리게 되는,
그 무거움과 서투름을 가지고, 더 진지하게 생각하기
시작했다. 나는 산에 대해 말하는 것이 아니라 산에 의해

서문(초판)

말해지는 것이다. 이 언어로서의 산에 의해, 땅과 하늘을
연결하는 또 다른 산에 대해 말하는 것이 될 것이다―
포기하기 위한 것이 아니라 격려하고 일어서게 하기
위해서 말하는 것이다.
그리고 그 이야기 전체가―산의 언어를 착용한
오늘까지의 나의 이야기가―내 앞에서 펼쳐지는 것이다.
그 이야기 전체는 이젠 그걸 말하기 위한 시간을 필요로
하고, 그러니까 그것을 제대로 살아낼 시간도 나에게는
필요할 것이다."

그의 책에 대해 르네 도말은 또 다른 노트에서 이렇게 말하고
있다.

"예전에 마운트 아날로그에서의 눈의 빛이 내 이마의
피부를 손상을 입힌 이래(지금도 아주 작긴 하지만
그 흔적이 의심할 여지 없이 남아 있다.) 어렸을 때
꿈꾸어왔던 대모험이 가능한 계획이 되었을 뿐 아니라
자유에의 유일한 출구가 된 이래, 이것으로 두 번째의
일이 되었지만, 나는 한 권의 책을 쓰기 위해 펜을 든다."

옮긴이 후기

언어의 산을 등반하며

 '신화에 따르면 산은 땅과 하늘을 연결하는 고리이다. 그것은 인간이 신성^{神性}으로 올라갈 수 있는 통로가 된다. 이런 산은 유추에 의해 그 실재를 추정할 수 있으며 어떤 산이 이러한 상징성을 가진 산, 즉 '유추의 산'이 되기 위해서는 그 봉우리는 인간의 통상적인 수단으로는 접근하기 어렵지만 그러나 그 기슭은 접근할 수 있는 것이 되지 않으면 안된다. 보이지 않는 것에 이르는 문은 보이는 것이 되지 않으면 안된다...' '나'는 대략 이런 내용의 허구적인 기사를 잡지에 실었는데 놀랍게도 그 기사에 대해 한 통의 편지가 날아온다. 보낸 사람은 소골이란 이름의 인물이다. '마운트 아날로그'의 실재를 믿어 의심치 않는 그는 화자인 '나'를 비롯해 10여명의 특이한 인물들을 모은 다음 마운트 아날로그의 소재지, 접근법, 탐험계획 등을 밝힌다. 소골의 특이한 논리와 뜨거운 열정에 매료된 사람들은 '임포씨블 호'라는 이름의 배를 타고 지구의 어딘가에 틀림없이 있을 마운트 아날로그를 찾아서 모험의 항해에 나선다...'

 저자 자신에 의해 '비^非유클리드적이며 상징적으로 진실을 말하는, 등산 모험 소설'이라고 이름붙여진 이 소설은 기상천외하고 유머러스하면서 동시에 진실을 말한다는,

확신범적인 진지함이 잔뜩 배어있는 소설이다. 마운트 아날로그를 발견하고 그곳에 도달하기 위해서 사용되는 논리는 확실히 궤변과 비약으로 가득차 있는 것은 틀림없지만 그럼에도 그것은 묘한 설득력을 우리에게 행사한다. 마운트 아날로그를 둘러싸고 있는 '보이지 않는 대륙'을 묘사하는데 있어 사회, 경제 및 생태계의 메카니즘의 특이함도 우리의 눈길을 잡아당긴다. 거기에다가 마치 산문시를 연상시키듯이 작지만 아름다운 에피소드를 곳곳에 배치한 것도 이 작품의 커다란 매력 중의 하나가 되고 있다.

르네 도말이 2차대전이 끝나기 얼마 전 36세의 나이로 죽었을 때 그는 두 권의 시집과 초현실주의와 동양 철학에 대한 여러 에세이들로 기억되는 인물이었다. 그로부터 8년 후 미완에 그친 《마운트 아날로그》가 간행되면서 그의 이름은 어느 정도 선명한 윤곽을 문학의 지도 위에 그리게 된다. 그리고 60년대 이후로는 넓은 의미의 초현실주의 문학 진영에 있어 그는 가장 재능있는 작가라고해도 과언이 아닌 인물로 꼽히게 된다. 하지만 사후에 극적으로 명성을 얻은 대표적인 사례임에 틀림없지만 그를 아직도 메이저급의 작가로 꼽기에는 주저함이 따르게 된다.

그를 이처럼 주변부적인 존재로 만드는 것은 문학적 아방가르드를 지향하는 작가였지만 그럼에도 그의 작품의 표면에 정신주의의 흔적이 강하게 묻어나기 때문이 아닐까 생각된다.

옮긴이 후기

아주 일찍부터 보여주었던 인도 철학과 선불교에 대한 깊은 관심, 꽤 악명을 떨쳤던 신비주의자 구르지에프에의 경사 등은 그를 일종의 컬트적인 작가로 만들어주긴 했지만 다른 한편으로는 통속적인 스피리츄얼리즘의 혐의에서 완전히 자유롭지 못한 부분도 있었던 것으로 보인다. 한 평자의 말에 따르자면 "지나치게 카운터―컬처적이어서 오히려 카운터―모던해보이기까지 한다"고 한 것도 바로 이런데서 나온 것일 게다. 르네 도말이 보여준 일종의 '신비주의적 모더니즘'mystical modernism라고 할만한 문학세계를 그의 삶의 궤적을 중심으로 살펴보기로 하자.

르네 도말이라는 미지의 작가를 소개하려면 그 출발점을 '거대한 도박'Le Grand Jeu이라는 이름의 문학 그룹으로 잡는 것이 좋을 것이다. 이 그룹은 1928년에서 1930년에 걸쳐서 동인지 《거대한 도박》을 활동의 거점으로 한 젊은 시인들의 그룹으로 1927년부터 선배격의 초현실주의자들과 교류를 갖기 시작해 한때는 그 집단에 거의 흡수될 뻔 했지만 나중에 '사회적 관심의 결여' 등의 이유로 비판을 받으며 초현실주의의 본류로부터 멀어지게 된다. 그런 점에서 대략 초현실주의 운동의 역사에 있어 흥미로운 에피소드를 제공한 방계, 혹은 아류 정도로 취급되고 있다. '거대한 도박'을 지휘한 것은 둘 다 36세의 젊은 나이로 세상을 떠난 로제 질베르 르콩트Roger Gilbert-Lecomte와 르네 도말의 두 사람이다. 전자인 르콩트가

이 그룹의 악마적인 면을 대표한다고 하면 후자인 도말 쪽은 천사적인 면을 대표한다는 말을 많이 하기도 한다. 그리고 1932년 그룹이 사실상 해체되고 만 후에는 오로지 르네 도말 혼자서 원래 그룹이 의도했던 'jeu'(도박 혹은 유희)를 지속하고 하나의 결론에까지 이끌고 갔다는 평가를 받는다.

1908년 5월 아르튀르 랭보처럼 프랑스 북부 아르덴느 지방에서 태어난 르네 도말은 1922년 14세 때에 샤를르빌의 리세에서 렝스의 리세로 전학하게 되는데 그 같은 반에서 앞에서 본 질베르 르콩트, 로제 바이양Roger Vailland, 로베르 메이라Robert Meyrat의 세 사람과 만난다. 이것이 바로 '거대한 도박'의 출발점이다. 이 네 명의 소년은 처음에는 '생플리스트 형제'Phreres Simplistes라고 자신들을 부르고 《아폴로》라는 이름의 동인지를 6호까지 내기도 한다. 그들은 조숙한 소년들이 자주 그렇게 하듯이 비밀결사 내지는 연대의 맹세를 교환하고 그것을 깬다면 죽음도 불사한다는, 장 콕토가 말하는 '무서운 아이들'과 같은 그룹으로 성장해 간다.

그들은 여러 가지 유희/도박에 빠져들면서 학교에서 금지된 '위험한' 책도 찾아서 읽는다. '저주받은 시인들', 오컬트 철학, 르네 게농 류의 동양 사상, 그리고 정신병리학에의 깊은 관심. 그리고 자발적으로 자동기술법에 의한 시 쓰기 등을 시도해보기도 하는데 그러는 와중에 파리에서 출판되기 시작한 쉬르레알리즘의 책을

옮긴이 후기

입수해 읽기 시작한다. 이후 이 연장자 그룹의 동향에 커다란 흥미와 동경을 품게 된다.

하지만 이들은 얼마후 자신들이 생각하는 '시적 체험'이 초현실주의자들의 그것보다 더 깊은 곳을 향하고 있는 것이 아닌가 하고 생각하게 된다. 나중에 루이 아라공, 앙드레 브르통 등과 교류할 기회를 얻고 나서도 리더격의 질베르 르콩트와 르네 도말의 두 사람은 10세 정도 연상의 이 초현실주의자들과 가급적 어느 정도 거리를 두려고 했다.

그 사이에 멤버의 변동이 있었지만(1926년에 모리스 앙리가 참가하고 1927년에는 로베르 메이라가 탈퇴하고 앙드레 롤랑 드 르네빌André Rolland de Renéville이 참가한다.) 1928년이 되어 드디어 잡지 《거대한 도박》이 창간될 때 이미 거기에는 근 5년 간에 걸치는 소년들의 활동이 집약되어 있다고 해도 좋을 것이다. '거대한 도박'이라는 이름 자체가 모 아니면 도 식의 내기, 타롯 카드에 의한 점치기의 이미지를 포함하고 있는 것으로 그들 고유의 사고방식, 특히 다른 차원에의 도약의 '체험'을 불가결한 것으로 보는 신조를 드러내고 있다. 통상적인 합리주의적 사고를 배제하고 어떤 종류의 종교나 철학에서 발견되는 초월적인 것—그들의 말에 따르면 '원초적 계시'—을 재발견하는 것이야말로 '시'의 사명으로 확신하고 있었지만 그것을 실현하는 과정에서 어떤 형태의

'체험'(롤랑 드 르네빌이 나중에 이것을 '시적 체험'이라 불렀다.)을 획득할 필요가 있다고 생각했다.

　다른 차원, 피안이라는 것이 이 세상에 실재하고 초월이 가능하다면 일상적인 현실 속에 있으면서도 그것을 살고 '체험'하지 않으면 안된다. '체험된 형이상학', '경험된 존재론'이라고 나중에 부르게 될 이러한 이념 아래 소년들은 죽음을 건 유희(이것도 거대한 도박이다.)의 실험에 몰두하게 된다. 가령 한 발만 총알을 넣은 피스톨을 관자놀이에 겨누고 방아쇠를 당기는 러시안 룰렛, 혹은 눈가리개를 한 친구를 명령에 절대 복종하게 하는 게임 등 — 때로는 서로 생사여탈의 권리조차도 인정한다는 서약 아래 조숙한 학생들의 실험이 펼쳐졌다고 하는데 도말이 나중에 쓴 "근본적 체험"(1934)이라는 제목의 에세이에서 당시를 회고 있다.

　"15, 16세 때 나는 체험적 연구를 시작했다. ...[중략]... 어느 날 죽음 그 자체의 문제에 도전할 결심을 한 것이다. 몸을 가능한 생리적인 죽음에 가까운 상태에 두고 다만 주의력을 집중해서 눈을 뜬 채로 자신에게 일어나는 것을 모두 기록할 수 있도록 했다." 왜냐하면 사염화탄소를 묻힌 손수건을 코에 댄다는 위험한 실험을 했기 때문인데 결과는 항상 같았다고 한다. "그것은 기대를 놀랄 정도로 넘어서 가능성의 한계를 무너뜨리고 어떤 다른

옮긴이 후기

세계로 나를 집어던졌던 것이다."

　이리하여 소년 도말은 '다른 사물, 피안의 세계, 다른 종류의 인식'이 실재한다는 '확신'을 얻게 된다. 마찬가지로 마약—모르핀, 아편, 하시시 등—의 실험에서도 생과 사를 단일한 것으로 하는 상태, 즉 '피안'의 체험에 접근하는 것이 가능했다고 생각했다. 이러한 것의 영향 탓인지 도말의 초기 시의 많은 것들은 죽음의 의식과 그것에 관련된 초월의 감각이 곳곳에 스며들어 있다.

　또 하나 '체험된 형이상학'의 요건으로서 그들 그룹의 버팀목 중의 하나가 됐다고 할 수 있는 '분신'의 관념에 대해서도 언급해야 할 것이다. 이것은 여러 사람에게 있어 공통의, 단일한, 집합적인 꿈의 장소가 있다고 하는 감각에 바탕하고 있는 것이다. 19세의 도말은 로베르 메이라와 함께 밤의 거리 위에서 누워있는 사이에 '공유체험'으로서의 꿈을 꾼 적이 있다고 "대낮의 장님 네르발"(1930)이란 에세이에서 회상하고 있다.

　동료들과 '공통의 장소'에 살고 있다는 감각은 특히 질베르 르콩트와의 '분신'적 관계를 통해서 '체험'된다. 그들 두 사람은 어느 시기까지는 거의 같은 필체로 쓰고, 거의 같은 문체로, 거의 같은 사상을 표현한다고 하는 기묘한 공생共生을 실현하고 있었다. 그렇지만 도말이 명석하고 낙천적인 실험자였던 것에 비해 질베르 르콩트는 극단적으로 주관주의적인 파멸형의 시인이었다. 그는 얼마 후 마약에 사로잡히게 되고 게다가 마약에 의한 '인공의 낙원'을 유년기의 단일한 것과 동일시하고 철저한 과거 동경의 시세계에 몰입해 간다. 나중에 질베르 르콩트는 신비주의의 깊은 장소에까지 들어가 결국 죽음을 재촉하게 된다.

1930년의 어느 날 도말은 저명한 신비주의자인 구르지에프의 친구이자 그루지아 출신의 화가이기도 한 매력적인 인물 알렉산드르 드 살츠만 Alexnadre de Salzmann(1874-1933)을 만나게 된다. 여기서 르네 도말의 제2의 인생이 시작된다고 할 수 있다. 이때부터 도말은 이미 어느 정도 축적이 있었던 인도 문학과 동양 사상과 함께 특이한 수행자, 행동가로서의 길을 적극적으로 걷기 시작한다. 드 살츠만은 도말에게 확실히 '구원의 신'처럼 생각이 되었던 것 같다. 그래서 그를 주위의 동료들에게 소개해주기도 했지만 거의 공감을 얻지는 못했다. 질베르 르콩트 같은 이는 배신감을 느낄 정도였고 다른 멤버들도 당시의 정치적 논쟁에 몰두해 정신이 없는 상태였다. 다른 한편 도말 자신에게는 생활상의 새로운 상황이 생겼다. 1927년부터 이 그룹과 가까워진 시베리아 출신의 유태인 저널리스트 베라 밀라노바와 가까워지면서 동거를 시작한 것이다. 그녀와의 동거 이후 그는 생활상의 압박도 전보다 커진 것으로 보인다. 1932년에는 인도의 유명한 우다이 샹카르 무용단의 홍보담당을 구한다고 하자 이를 받아들여 베라와 함께 뉴욕

옮긴이 후기

공연에 동행하게 된다. 그룹의 지주였던 도말의 이 여행으로 인해 «거대한 도박»지의 간행은 중단되고 질베르 르콩트와의 불화도 결정적인 것이 된다. 뉴욕에서 도말은 «거대한 술자리»를 쓰기 시작했는데(1938년에 발간) 이것은 현대세계에의 비판과 풍자로 가득찬 산문시 풍의 이야기였다.

    1933년 알렉산드르 드 살츠만이 죽었지만 도말은 그 다음해에 스승의 미망인인 잔느와 함께 수행자의 그룹을 조직해 파리 교외의 작은 도시 세브르에 있는 그녀의 작은 집에서 구르지에프 방식의 수련회를 열었다. 욕망과 공포의 컨트롤, 체조와 댄스, 정신집중, 사고력의 측정, 노동, 독서회 등으로 이루어진 훈련이었다. 1935년에는 시집 «하늘에 반대하여»로 자크 두세 상을 받게 되었지만 이것은 과거의 작품을 모은 것으로 이 즈음에는 오히려 인도와 동양의 사상을 소개하는 작업이 더 큰 비중을 차지하고 있었다. 스즈키 다이세츠와 라마크리슈나의 번역, 자크 마슈이 Jacques Masui와의 공동연구 등. 하지만 이미 전시하에 들어가게 되고 도말 부부(1940년 정식으로 결혼한다.)의 생활은 갈수록 궁핍해진다. 거기에다 처인 베라는 유태인이어서 체포의 위험이 있었다. 도말 자신의 건강도 안 좋아져 결핵이 악화되고 왼쪽 귀의 청력도 잃게 된다.

    바로 여기에서 롤랑 드 르네빌이 말하는 소위

'엑소더스'—전쟁, 병마, 빈곤으로부터의 도주—가 시작되는 것이다. 전쟁 하에서의 도말의 삶은 아주 비참한 것이어서 어쩌면 구르지에프 류의 수행에서 구원의 길을 찾은 것이 아닌가 라고 생각될 정도이고 실제로 그렇게 보는 사람도 있지만 과연 그가 신자信者였는가 하는 문제는 유보의 여지가 있다. 도말을 그 길로 인도한 드 살츠만 부부는 분명히 구르지에프의 제자였다. 그리고 도말 자신 1938년에 잠깐이긴 하지만 구르지에프를 만난 적도 있다. 하지만 그를 이러한 수행에 향하게 한 동기는 종교적인 신앙에 있다기보다는 오히려 소년시대부터 시작된 '공통의 장소'에의 동경과 실험을 좋아하는 성향에 있다고 보아야 할 것이다.

그런데 이 수행은 이윽고 도피처인 알프스에서 시도되는 등산에 의해 대체되게 된다. 원래도 육체를 움직이는 것을 좋아하던 도말은 단기간에 등산의 기술을 익힌 다음 알프스의 난코스에 도전하기도 한다. 이러한 새로운 '위험한 유희'로서의 등산을 하면서 소년시대에 친숙했던 여러 유희와 인도사상의 가르침, 구르지에프 류의 훈련이 마음속에서 겹쳐지고 다시 그것이 몇 겹으로 넓어지는 애널로지(유추)의 고리를 그리면서 어떤 근원적인 단일한 것의 골격이 새롭게 그의 마음에 되살아났던 것이다. 이리하여 1939년 알프스 근처의 마을 펠부에서 르네

옮긴이 후기

도말은 «마운트 아날로그»를 쓰기 시작했다. 실제로는 더 이상 산을 오를 수 있는 몸이 아니라는 것을 자각하고 죽음에 대한 예감도 있었을 이 시기에 등산을 대체하는 것이 아니라 그 자체가 등산이 되는 그런 작품을 지향해서 소설 쓰기에 착수했던 것이다.

    1944년 5월 21일 르네 도말은 파리의 병원에서 죽었다. 미망인이 된 베라 도말이 친구인 앙드레 롤랑 드 르네빌과 함께 이 미완의 소설 원고를 정리한 다음 8년 후인 1952년에 파리의 갈리마르사에서 출판하게 된다. 롤랑 드 르네빌의 '서문'과 베라 도말의 '후기', 거기에다가 도말의 유고에서 뽑은 '노트'는 이 책을 말하자면 이 책 자체의 성립의 이야기로서 단순히 미완의 작품 이상으로 할 의도를 가지고 있었다. 미완으로 끝난 작품을 보충해 독자들의 이해를 돕는다는 수준을 넘어서서 «마운트 아날로그» 자체가 위에서 본 르네 도말의 생애의 애널로지가 되도록 했던 것이다. 그리고 그 결과로 이 책은 우리들의 '공통의 장소'가 될 수 있는 생명을 얻었다고 해도 좋을 것이다.(«마운트 아날로그»는 1981년에 갈리마르의 '이마지네르' 판으로 새로 발간됐는데 이 판에서는 베라 도말의 후기와 롤랑 드 르네빌의 서문이 다 빠지고 대신 도말이 원래 예정했던 결말부분을 간단히 소개하고 그의 노트를 보다 확충해서 실었다. 도말의 원래 의도를 보다 더 살리려는 의도가 아닌가 생각된다. 하지만 본 역서에서는 국내에 처음으로 소개된다는 점을 감안해 1952년의 초판을 그대로 따라 이 두 글을 그대로 실었으며 다만 순서에 있어 롤랑 드 르네빌의 서문을 뒤로 돌렸다.)

 롤랑 드 르네빌의 '서문'은 «마운트 아날로그»의 성립의 과정을 잘 말해주고 있다. 특히 인용되고 있는 도말의 두 개의 짧은 문장에 의해 이 소설이 그 자신의 과거의 반성에 바탕한, 일종의 상징적 자서전이라는 것을 명백히 하고 있다. "한 척의 배를 준비해 저 신비의 산―우주가 미지의 조망을 가지고 그 정상에서 내려다보는 바로 그 산, 유추의 산을 발견하고자 결심한 탐험대의 모험을, 어떤 친숙한 형태로 살려내려고 했던 것이다."는 롤랑 드 르네빌의 말대로 이야기의 줄기 자체는 아주 단순한 것이고 단순한 것을 오히려 의도했다고 할 수 있을 것이다. 하지만 이 '탐험대의 모험'이 쓰는 것의 모험('산에 의해 쓴다'고 하는)이기도 하다고 한다면 여기에는 그것을 쓴다고 하는 행위 자체가 쓰여지고 있는 것과 같은, 일종의 액자구조를 갖고 있다고 보는 것도 가능할 것이다.

 그렇다면 이것은 작가의 삶에서 그 열쇠를 찾아야 하는 자전적 소설에 머무는 것이 아니라 오히려 쓰는 것에 의해 만나게 되는 새로운 인격, 즉 미지의 '나'에 대한 자전적 소설이라고 해도 좋은 성격을 띠게 될 것이다. 열쇠는 어디에나 있을 수 있다. 게다가

옮긴이 후기

그것들 모두는 작가 안의 '공통의 장소'에 통하고 있으며 독자를 거기에 끌어들이려 하고 있는 것이다.

물론 '실제로 있었던 이야기'$^{récit\ véridique}$라고 붙여진(1952년에 발간된 초판의 표지와 안 표지에도 이 말이 인쇄되어 있다.) 이 작품에 대해서는 작품안의 여러 사항들에 대응하는 사실을 작가의 삶에서 찾으려는 시도가 많이 이루어져 왔다. 가령 이미 소년시대의 죽음에 관한 실험, '사고력의 측정'의 일화 등 뿐 아니라 피에르 소골이라는 중요 인물에게서 드 살츠만과의 교류의 흔적을 보는 것 같은 것들. 게다가 '알렉산드르 드 살츠만의 기억에 바친다'는 헌사까지 있는(역시 초판에만 있다.) 이 책은 그와의 만남에 의해 얻어진 사고와 체험을 '상징적으로' 말하고 있다고 보는 평자들도 많다. 다른 한편으로는 제 2장에서 소골의 연구실로 온 사람들 중 도중에 탈락한 사람은 《거대한 도박》의 동료들을 묘사한 것이고 마운트 아날로그로 향한 여행을 떠나는 8명은 드 살츠만 부인과 도말이 만든 그룹을 묘사한 것이라고 보는 해석도 있다. 그렇다면 이것은 문자 그대로 '상징적으로' 말해진 '실화'라고 해야할 것인가. 그러나 꼭 그렇게 생각되지는 않는다.

그렇다면 '실화'보다는 오히려 '상징적으로'라는 말에 더 중점이 있는 것일까. 가령 '산'의 심볼리즘에 대해서는

작품 자체가 명확히 말해주는대로 각국의 신화에 친숙한

사람에게는 특별할 것이 없는 것일게다. 애초에 유추 혹은 유비라고 번역할 수 있는, 대문자로 시작하는, 그래서 사실상 고유명사가 된 '아날로그'라는 말 자체가 여러가지 유사한 것들의 원형이라고 하는 의미를 포함하고 있다. 게다가 장 비에스[Jean Biès]를 비롯한 여러 평자들이 이 산에의 여행의 과정에 대해서 신화학적인 분석을 시도하고 있다. 즉 배와 바다의 심볼리즘은 인도의 신화에서 비슷한 것이 발견되며 그것은 구르지에프의 사상에서도 재현되고 있다고 하는 지적이 있다. 그리고 승무원을 '선택받은 소수'로 보는 지적도 있으며 숲과 산길 그리고 '산의 안내인'(이것은 또한 도교의 선인仙人을 연상케한다.)의 심볼리즘, 나아가서는 동물에 의한 우의와 산스크리트적인 수사의 여러 가지에 이르기까지 여러 상징의 의미를 지적하고 있다. 하지만 여기서 중요한 것은 그러한 해석이 옳고 그르냐 하는 문제가 아니라 이 이야기가 그러한 해석을 동시에 가능하게 하는 것 같은, 신화적인 '공통의 장소' 위에 자리잡고 있다고 하는 것이 아닐까.

실제의 묘사와 논의에서도 작품에 보다 리얼리티를 갖게 해 줄 배경에 해당하는 부분이 거의 없다시피 해서 확실하게 신화적인 골격이 드러나도록 하는 구성은 도말이 노리고 있는 것이 무엇인지를 어느 정도 짐작하게 해준다. 이 점에서 《마운트 아날로그》는 그 자신 신화와 상징의 연구자인 르네 도말이 썼기

옮긴이 후기

때문에 가능해진, 말하자면 단일을 지향하는 상징소설의 면모도 갖고 있다고 해야 할 것이다. 게다가 그러한 틀 속에서 이 또한 '모든 것이 단일하고 용이했던' 유년기의 상태를 다시 사는 것 같은, 마음 설레게 하는 이야기가 펼쳐지고 있다. 부제에 있는 다른 형용, 즉 '등산 모험 소설'로서도 손색없이 만들어졌다는 점이야말로 사실은 《마운트 아날로그》가 불러 일으키는 감동의 큰 이유가 있다고 보아야 할 것이다. "어렸을 때 꿈꾸어왔던 대모험이 가능한 계획이 되었을 뿐 아니라 자유에의 유일한 출구가 된 이래, 이것으로 두 번째의" 모험이 되었다는 이 소설은 "이야기하기의 즐거움에 빠진 작가의 모습"을 생생하게 떠올리게 하는 점이 있다.

이야기는 우선 '우연한 만남의 놀라움'으로 가벼운 톤으로 시작한다. 맨 앞부분에서 "완전히 정체되어 있는" 최근의 생활을 자각하고 있는 '나'에게 날아온 한 통의 편지 속에는 '더 이상 우리는 혼자가 아니다, 이제 우리는 두 사람이 되었다, 내일에는 열 명이 될 것이고 더 늘어날 것이다...' 라고 하는 예전에 어딘가 아이들의 모험소설에서 읽었을 듯한 그룹(집단)의 형성의

기쁨이 말해지고 있다. 나중에 소골이 회상하는 그 악마적인 수도원의 에피소드에도 나오다시피 집단이라는 것의 무서움을 강조하면서도 이 소설은 그룹을 긍정하고 있는 것이다. 그리고 소골과의 만남을 마치고 귀가하는 도중에 '거대한 도박' 시대의

교우관계를 연상시키는 '카멜레온의 법칙' 때문에 나 자신이 소골에의 불신을 품을 즈음에 아내인 르네가 다음과 같이 대답한다. "그래요, 그가 맞는 것 같아요. 나는 오늘 밤에 짐을 쌀 준비를 할게요. 이제 당신들 두 사람만 있는게 아니니까요. 벌써 세 사람이 된거라구요." 이것이야말로 이 이야기의 감동이 어디에 있는지를 잘 말해주는 대목이라고 할 수 있을 것이다.

그리고 2장에서는 그룹의 결성이, 3장에서는 인간관계의 곤란을 포함한 시련이, 4장에서는 그들이 오래된 인격을 탈피해가는 모습이, 5장에서는 드디어 현실의 것이 된 미지와의 조우를 찾는 여행이 담담한 필치로 말해진다. 실제로 이 소설의 중요한 주제의 하나는 집단의 삶이라고 해도 좋을 정도이다.

게다가 예전에 네르발을 읽었을 때 도말이 기록한 바와 같이 "그렇다면 나는 보여지고 있는 것이다! 이 세계에서 나는 혼자가 아니다!"라고 하는 것과 같은 독특한 감각이, 보다 차원이 높은 인류와의 앞으로 도래할 만남의 기회를 향해서, 이 그룹의 삶을 일종의 미결상태로 남게 한다. 하지만 여기서도(만날지 아닐지 모르는) 높은 차원의 인류의 모습보다도 오래된 예전의 인격을 벗어나 스스로 안에서 '보이지 않는 인류'를 찾아내는 과정 쪽이 더 문제일 것이다. 미결 상태로 끝나는 소설의 행보는 하지만 이미 아름다운 이야기 속의 이야기인 '텅빈 사람과 씁쓸한 장미의

옮긴이 후기

에피소드'의 기묘한 결말에서 이미 예견된 것이기도 한 것이다.

늙은 마술사 키세의 이름은 프랑스어의 'Qui sait'(알고 있는 자)에 통하며 그 아내인 휠레 휠레의 이름은 그리스어원의 '물질'에 통하고 있다. 그리고 그들의 아들 두 명은 다른 사람이지만 서로 분신의 관계에 있는 듯한(과거의 질베르 르콩트와 도말의 관계를 연상시킨다.) 단일을 지향하는 그룹의 맹아적 형태이다. 그들은 각자 혼자서는 제대로 살 수가 없다. 그리고 한쪽이 한 번 죽음의 시련을 거쳐서 태어난, 합체의 끝의 새로운 존재 모호가 그 이름을 역전시키면 '동일' 혹은 '인간'을 뜻하는 '호모'Homo가 되는 것은 상징적이다. 실은 이 모호야말로 '보이는 것 속에 사는 보이지 않는 인간'의 발견을 예고하고 있다고 할 수 있을 것이다.

어느 것이나 소년시대에 받았던 단일의 관념의 연장 상에 있다고 할 수 있는 이들 이미지는 마운트 아날로그의 대륙에 전해진다고 하는 신화나 놀랄만한 구형의 결정체 페라당의 일화에도 여전히 남아 있다. 이리하여 이 이야기는 향수를 불러일으키는 여러 가지 '이야기 속의 이야기'의 효과에 의해 미지의 것의 모형을 미리 내장하고 있고 그런 의미에서 그 자체가 모호나 페라당에도 닮은 특이한 구조를 갖는 세계가 되어간다.

한편 도말이 좋아했던 알프레드 자리Alfred Jarry를 연상시키는 신조어 및 말 장난의 다용 등은 역시 소년 소설에 자주 보이는 박물지적 경향을 반영하면서 그 나름의 유머를 만들어낸다. 등산의 기술과 도구와 관련된 그럴듯한 기술. 거기에다 인물과 장소의 이름에도 어딘가 어린아이 같은 게임의 기분이 반영되어 있다. '나'의 이름 테오도르는 신(테오스)에 관련되어 있고 아내의 이름 르네는 도말의 이름의 여성형이면서 또한 '되살아난 자'의 의미가 있다. 소골은 물론 로고스의 역전이고 비버는 해리海狸, 팬케이크는 먹는 그 팬케이크이고 랍스는 말 실수Lapsus를 실수로 말한 것이다. 그리고 '상승보다도 하강을 좋아하는 인물' 피에르 고르쥬라는 이름은 골짜기, 협곡의 뜻이지만 한편으로는 로제 질베르 르콩트의 아나그램이라는 설도 있다.

하지만 이러한 해석은 여전히 작가의 실제의 삶에 얽매여 있는 것이라고 해야할 것이다. 이 책의 부제 중 '비유클리드적인' 이라고 형용되는 성격이야말로 이 작품 자체를 마치 페라당과 같은 상태에 두는 것이라는 점에 주목해야 한다. '비유클리드적' 성격을 드러내고 있는 것은 로고스Logos의 반대인 소골Sogol이 펼치는 궤변에 전형적으로 나타나는 것처럼 상상을 실재로, 추상을 구체로, 보이지 않는 것을 보이는 것으로, 신화를 실화로 옮기려고 하는 논리의 장치, 애널로지의 장치이다.

"문제를 모두 해결된 것으로 가정하고 거기에서 논리적으로 나오는 모든 결과를 추론하는 방법"을 쓴다는 소골의 논의는

궤변을 포함하고 있는 것만큼이나 우리 마음을 설레게 하면서
부지불식간에 어떤 낙천적인 확신으로 끌고가는 면이 있다.
그리고 이 방법이야말로 도말의 방법이기도 하다. "이러한 계략이
진리를 위해 사용될 때 그래도 여전히 거짓말이라고 부르는 것이
가능할 것인가?" 이러한 당당한 뻔뻔함에 의해 실재인 것의 상상,
구체인 것의 추상, 보이는 것에서의 보이지 않는 것, 실화인 것의
신화에 우리들을 동행시키도록 하는 방법 그 자체가 참으로
'비유클리드적'이라고 간주되어야 할 것이다.

이리하여 말하자면 쓰는 것의 불가능('임포씨블호')에 승선한
르네 도말은 이 소설 자체를 유추(애널로지)의 산으로 하기
위해서 '비유클리드적'인 항해를 계속해갔다. 그것이 미완으로
그치고 말았다. 그리고 최후에는 결말을 짓지 못한 이야기에
항상 따라다니는 질문이 나오게 된다. 결말은 도대체 어떻게 되는
것일까? 선택된 여덟 사람과 달리 물질적 목적만으로 대륙에
다가서려고 한 제2의 탐험대의 파국을 말하려고 한 5장, 6장의
플랜은 그렇다고 해도 그 뒤의 전개는 어떻게 되는 것일까?
그리고 "그래서 당신은, 무엇을 찾을 것인가?"라는 제목이 붙을
예정이었다는 마지막 장은 과연 여행의 진정한 결말을 그리는 것이
되었을까? 도말의 노트로 짐작하건데 7장에는 한 단계위로 오르기
위해서는 뒤에서 오는 사람들을 '가르쳐 주지' 않으면 안 된다는

마운트 아날로그의 법칙이 보다 명시적으로 제시될 예정이었다. 하지만 주의해야 할 것은 여기서는 오른다고 하는 것이 높은 곳에 "서서히 익숙해 짐에 따라 인간의 기관이 전혀 예상할 수 없을 정도로 크게 변화하고 적응해 가는 것"—즉 끊임없이 미지의 자신을 만나는 것이기도 한 이상 도말 자신 실제로 더 앞으로 올라가는 것, 앞으로 더 써나가는 것에 의해서만이 결말을 아는 것이 가능했을 것이라고 보아야 하지 않을까.

도말이 글을 쓰는 시점에서 예측할 수 있었던 것은 결국에는 그 자신이 보다 높은 곳으로 오르는 자로서 뒤에서 오는 자들을 준비하게 한다는 단계까지였던 것이다. 따라서 "그래서 당신은, 무엇을 찾을 것인가?"라는 것은 그 자신에 대해서도, 뒤에서 오는 우리들에 대해서도 마운트 아날로그가 언젠가는 제기할 질문에 다름 아니다. 그것에 대답하기 위해 이 소설을 완결시키는 것이 가능한 것은, 어쩌면 상승함에 따라 무언가 크게 우리의 내부를 변화시키게 되는 결과로 나타나는, 아직 미지인 그와 우리들 즉 '나' 자체가 아닐까 한다.

1959년에 영어로 이 책을 번역해 영어권에서 도말의 존재를 알리는 데 큰 기여를 한 비평가 로저 샤툭[Roger Shattuck]이 쓴 영어판 서문의 한 대목을 인용하면서 이 후기를 끝맺기로 한다.

"(서구의 지성사를 장식해 온 '유물론'과 '관념론'의 투쟁이 내는) 이 소음 속에서 도말은 자신만의 놀랄만큼 명쾌한 목소리를 내면서 일종의 수정된 평화주의를 제안하는 것처럼 보인다. 아니, 더 정확히 말하면 그는 차라리 진정한 전선은 우리 안에 있다는 것을 다시 한번 확인시키면서 우리가 반드시 올라야 할 내적인 산의 오르막길로 조용히 전선을 옮겨 놓는다. 이데올로기적인 적과 맞서서 시끄러운 전선을 계속 유지하는 것보다 실상은 이것이 훨씬 힘들다는 것을 우리는 깨닫지 않을 수 없다. ...[중략]... 도말의 생각을 따라가다 보면 한 사내가 가파른 산등성이를 올라가는 것을 보는 것 같은 기분이 든다. 하지만 그의 상승에는 우월함의 과시나 쇼맨십의 흔적은 전혀 없다. 그의 확신과 그의 글은 어떤 깊은 차원의 목적성에 의해 그만큼 긴밀하게 연결되어 있기 때문이다."

르네 도말 연보

1908   3월 16일 프랑스의 아르덴 지방 불지쿠르에서 출생. 벨기에와의 국경이 가까운 곳으로 랭보도 이곳에서 태어났다. 아버지는 학교 교사로 무신론자이자 사회주의자였다고 한다. 도말은 자신의 혈통에 대해 "난 인종적으로 몽고, 켈트족, 게르만인, 스페인인이 섞인 사람이다."라고 했다.

1922   가족이 랭스Reims로 이주. 그곳의 리세(중등학교)에서 로제 바이앙Roger Vailland, 로베르 메이라Robert Meyrat, 로제 질베르 르콩트Roger Gilbert-Lecomte를 만남. 이들은 자신들을 '생플리스트 형제'라고 부르면서 '저주받은 시인들'과 약물 복용을 비롯한 위험한 게임에 몰두한다.

1925   파리의 명문교인 앙리 4세 리세에 가서 고등사범(에콜 노르말) 준비반에 들어감. 이 시기에 철학교사인 알랭(에밀 샤르티에)의 수업을 듣는다.

1927   로베르 메이라가 동인에서 빠지고 앙드레 롤랑 드 르네빌André Rolland de Renéville이 참가한다. 네덜란드 작가인 헨드릭 크레이머와 그의 처 베라 밀라노바를 알게 된다. 시베리아 출신의 유태인 베라와 그후 사랑에 빠지게 된다.

1928   동인지 «거대한 도박»Le Grand Jeu 창간.

1930   그루지아 출신의 화가이자 신비주의자인 알렉산드르 드 살츠만을 알게 된다. 이후 그로부터 많은 감화를 받게 되는데 그는 유명한 신비주의자이자 철학자인

구르지에프Gurdjieff의 친구로서 그를 통해 구르지에프의
사상 및 수련 방법에도 관심을 갖게 된다.
1932 인도의 우다이 샹카르 무용단의 홍보 담당을 맡게 됨.
이 무용단의 공연에 맞추어 베라와 함께 뉴욕에 건너감.
1935 시집 «하늘에 반대하여» Le Contre-ciel 간행. 이 시집으로
자크 두세 상을 받는다.
1938 산문시집 «거대한 술자리» La Grande Beuverie 간행.
1939 알프스 근처 펠부에서 «마운트 아날로그» Le Mont Analogue
집필을 시작.
1940 베라와 정식으로 결혼. 결핵으로 건강이 악화되고
생활상의 어려움도 심각해진다.
1943 모르핀 중독으로 시달리던 질베르 르콩트 사망한다.
1944 5월 21일 르네 도말 파리의 병원에서 사망한다.
1952 베라와 롤랑 드 르네빌의 편집으로 «마운트 아날로그»
갈리마르사에서 출간된다. 그 이후 그의 에세이, 서한집
등이 속속 발간된다.

마운트 아날로그

1판1쇄 인쇄 2014년 2월 1일
1판1쇄 발행 2014년 2월 5일

지은이	르네 도말
옮긴이	오종은
펴낸이	임재철
펴낸곳	이모션픽처스

디자인	김홍
편집	최영권, 박진희
제작진행	기 플러스 발

등록	2010년 8월 20일 (제313-2010-263호)
주소	서울시 마포구 공덕동 79-15 401호
전화	02-6382-6138
팩스	02-6455-6133
전자우편	emotionpic@naver.com

ⓒ(주)이모션픽처스, 2014, Printed in Seoul, Korea

ISBN 978-89-965121-3-4
책 값은 뒤표지에 있습니다.